戦国《せんごく》武将《ぶしょう》物語《ものがたり》

伊達《だて》政宗《まさむね》

奥羽《おうう》の王《おう》、独眼竜《どくがんりゅう》

小沢《おざわ》章友《あきとも》／作　山田《やまだ》一喜《ひとつき》／絵

講談社 青い鳥文庫

もくじ

おもな登場《とうじょう》人物《じんぶつ》

伊達《だて》政宗《まさむね》

戦国時代《せんごくじだい》、東北《とうほく》の米沢城主《よねざわじょうしゅ》伊達輝宗《だててるむね》の長男《ちょうなん》として生《う》まれた。十八歳《さい》で家督《かとく》をつぎ、十七代当主《だいとうしゅ》となると、わずかのあいだに東北《とうほく》のなかばを手中《しゅちゅう》に収《おさ》めた。豊臣秀吉《とよとみひでよし》の小田原城《おだわらじょう》攻《ぜ》めにおくれたため、あわや切腹《せっぷく》かと思《おも》われたが、機転《きてん》でまぬがれた。ところが、秀吉《ひでよし》の死後《しご》、徳川家康《とくがわいえやす》が台頭《たいとう》すると、事態《じたい》は思《おも》わぬ展開《てんかい》になっていく……。

知恵《ちえ》と勇気《ゆうき》で何度《なんど》も危機《きき》を乗《の》り越《こ》えた、「最後《さいご》の戦国武将《せんごくぶしょう》」。

伊達《だ》輝宗《てるむね》

伊達家《だてけ》十六代当主《だいとうしゅ》。政宗《まさむね》の父《ちち》。情報《じょうほう》収集《しゅうしゅう》の能力《のうりょく》にたけ、世《よ》の中《なか》のうごきに敏感《びんかん》だった。政宗《まさむね》の母《はは》である正室《せいしつ》は、山形城主《やまがたじょうしゅ》・最上義守《もがみよしもり》の娘《むすめ》・義姫《よしひめ》。母《はは》に愛《あい》されなかった長男《ちょうなん》・政宗《まさむね》に、武芸《ぶげい》、学問《がくもん》、教養《きょうよう》を授《さず》けて大切《たいせつ》に育《そだ》て、家督《かとく》をゆずった。

豊臣秀吉《とよとみひでよし》

農民《のうみん》から武士《ぶし》となり、織田信長《おだのぶなが》に仕《つか》えて頭角《とうかく》をあらわす。明智光秀《あけちみつひで》のむほんにより、京《きょう》の本能寺《ほんのうじ》でたおれた主君《しゅくん》・信長《のぶなが》のあとを受《う》け、天下《てんか》に号令《ごうれい》して関白《かんぱく》に上《のぼ》りつめた。大名同士《だいみょうどうし》の勝手《かって》な戦《たたか》いを禁《きん》じた「惣無事令《そうぶじれい》」に従《したが》わなかったほか、あの手《て》この手《て》で窮地《きゅうち》を切《き》り抜《ぬ》ける政宗《まさむね》をひそかに怖《おそ》れた。

片倉小十郎景綱《かたくらこじゅうろうかげつな》

伊達政宗《だてまさむね》の乳母《うば》、喜多《きた》の弟《おとうと》。十九歳《さい》のときに、輝宗《てるむね》の小姓《こしょう》から政宗《まさむね》の傅役《もりやく》になる。傅《もり》役《やく》とは養育係《よういくがかり》のこと。のちには軍師《ぐんし》（戦《たたか》いの計画《けいかく》を練《ね》る責任者《せきにんしゃ》）の役割《やくわり》も担《にな》い、生涯政宗《しょうがいまさむね》に仕《つか》えた。

徳川家康《とくがわいえやす》

戦国時代《せんごくじだい》を生《い》き抜《ぬ》いた大大名《だいだいみょう》。豊臣秀吉《とよとみひでよし》に従《したが》い、秀吉《ひでよし》の死《し》の直前《ちょくぜん》には五大老《ごたいろう》の一人《ひとり》となった。しかし、伊達家《だてけ》と婚姻《こんいん》関係《かんけい》を結《むす》ぶなど、秀吉《ひでよし》が生前《せいぜん》禁《きん》じたことを強引《ごういん》に押《お》し進《すす》めたため、石田三成《いしだみつなり》と対立《たいりつ》。天下《てんか》取《と》りをもくろむ家康《いえやす》は、全国《ぜんこく》の大名《だいみょう》の自分《じぶん》への忠誠心《ちゅうせいしん》を試《ため》しつつ、関ケ原《せきがはら》の戦《たたか》いに持《も》ち込《こ》んだ。

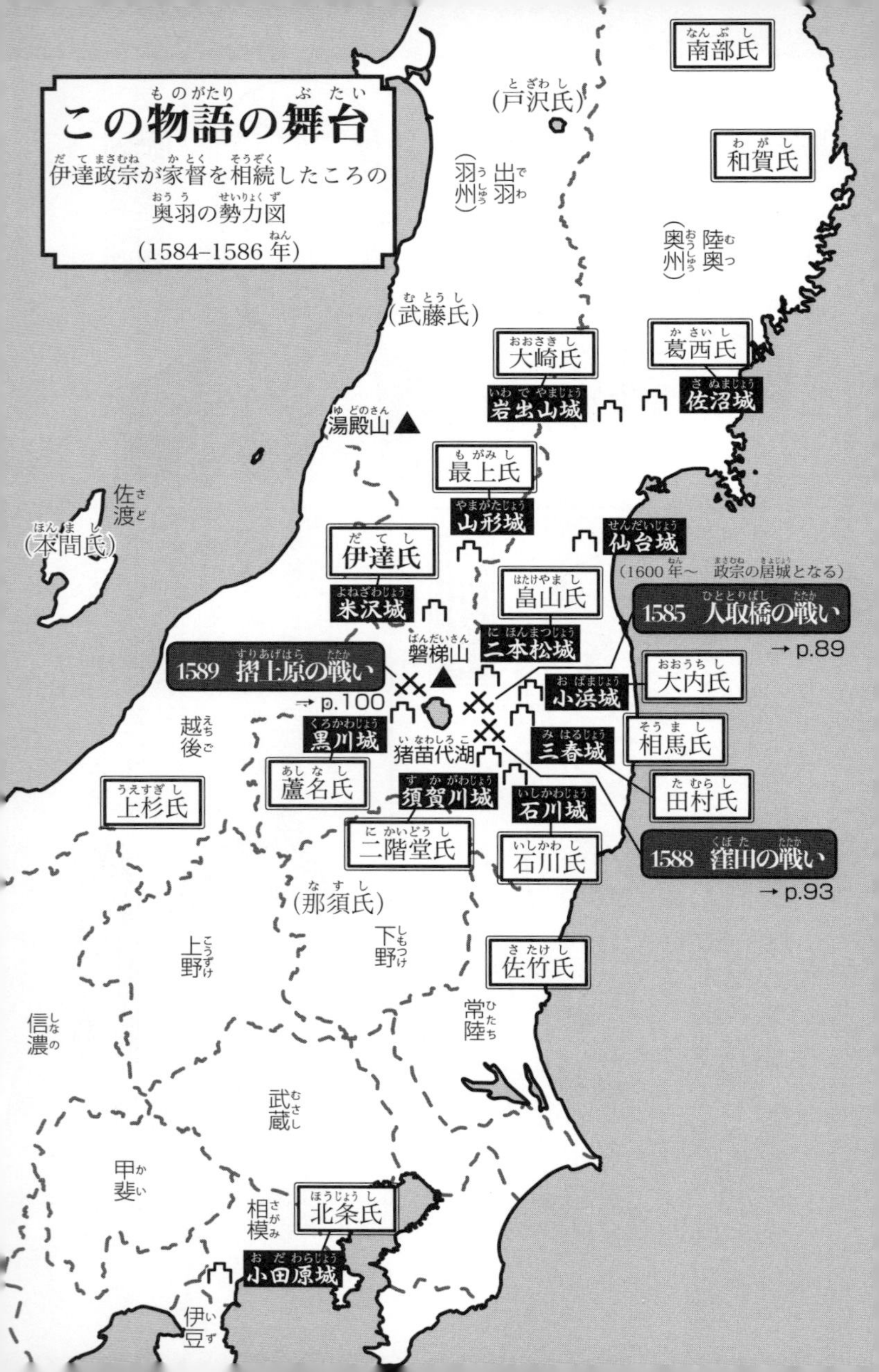
この物語《ものがたり》の舞台《ぶたい》
伊達政宗《だてまさむね》が家督《かとく》を相続《そうぞく》したころの
奥羽《おうう》の勢力図《せいりょくず》
(1584–1586年《ねん》)
南部氏《なんぶし》
(戸沢氏《とざわし》)
和賀氏《わがし》
出羽《でわ》(羽州《うしゅう》)
陸奥《むつ》(奥州《おうしゅう》)
(武藤氏《むとうし》)
大崎氏《おおさきし》
葛西氏《かさいし》
岩出山城《いわでやまじょう》
佐沼城《さぬまじょう》
湯殿山《ゆどのさん》
最上氏《もがみし》
山形城《やまがたじょう》
佐渡《さど》
(本間氏《ほんまし》)
伊達氏《だてし》
仙台城《せんだいじょう》
(1600年《ねん》〜 政宗《まさむね》の居城《きょじょう》となる)
畠山氏《はたけやまし》
米沢城《よねざわじょう》
1585 人取橋《ひととりばし》の戦《たたか》い
→ p.89
磐梯山《ばんだいさん》
二本松城《にほんまつじょう》
1589 摺上原《すりあげはら》の戦《たたか》い
→ p.100
大内氏《おおうちし》
小浜城《おばまじょう》
越後《えちご》
黒川城《くろかわじょう》
猪苗代湖《いなわしろこ》
三春城《みはるじょう》
相馬氏《そうまし》
蘆名氏《あしなし》
須賀川城《すかがわじょう》
田村氏《たむらし》
上杉氏《うえすぎし》
石川城《いしかわじょう》
二階堂氏《にかいどうし》
石川氏《いしかわし》
1588 窪田《くぼた》の戦《たたか》い
→ p.93
(那須氏《なすし》)
上野《こうずけ》
下野《しもつけ》
佐竹氏《さたけし》
常陸《ひたち》
信濃《しなの》
武蔵《むさし》
甲斐《かい》
相模《さがみ》
北条氏《ほうじょうし》
小田原城《おだわらじょう》
伊豆《いず》

はじめに

伊達政宗《だてまさむね》は、弱《よわ》い国《くに》は強《つよ》い国《くに》にほろぼされる戦国時代《せんごくじだい》に、米沢城主《よねざわじょうしゅ》、伊達輝宗《だててるむね》の長男《ちょうなん》として、生《う》まれた。

五歳《さい》のときに病《やまい》にかかり、右目《みぎめ》の視力《しりょく》を失《うしな》った政宗《まさむね》は、その不運《ふうん》にめげることなく、みずからの心身《しんしん》をきたえ、文武《ぶんぶ》の道《みち》にはげんだ。

十八歳《さい》で、伊達家《だてけ》をつぐと、まわりの大名《だいみょう》たちとの戦《たたか》いに勝《か》ちぬき、二十四歳《さい》の若《わか》さで、奥羽《おうう》（現在《げんざい》の東北《とうほく》六県《けん》にあたる地域《ちいき》の通称《つうしょう》。青森県《あおもりけん》、岩手県《いわてけん》、宮城県《みやぎけん》、福島県《ふくしまけん》と、秋《あき》田県《たけん》の一部《いちぶ》の地域《ちいき》をあらわす陸奥《むつ》［奥州《おうしゅう》］と、山形県《やまがたけん》、秋田県《あきたけん》の大部分《だいぶぶん》の地域《ちいき》をあらわす出羽《でわ》［羽州《うしゅう》］をあわせたもの）のなかばを手《て》に入《い》れ、「奥羽《おうう》の王《おう》――独眼竜政宗《どくがんりゅうまさむね》」と呼《よ》ばれるまでになった。とどまることを知《し》らない勢《いきお》いで、天下《てんか》をめざそうとした政宗《まさむね》の前《まえ》に、関白《かんぱく》の豊臣秀吉《とよとみひでよし》、ついで、将軍《しょうぐん》の徳川家康《とくがわいえやす》が立《た》ちはだかった。

天下《てんか》を統一《とういつ》した秀吉《ひでよし》は、あわせて三度《ど》も、政宗《まさむね》を死地《しち》におとそうとしたが、政宗《まさむね》は、おどろくべき大胆《だいたん》な方法《ほうほう》で、それをきりぬけた。

秀吉《ひでよし》が死《し》んだあとは、江戸幕府《えどばくふ》を開《ひら》いた将軍《しょうぐん》、徳川家康《とくがわいえやす》が、政宗《まさむね》の前《まえ》に立《た》ちはだかった。だが、このときも政宗《まさむね》は、伊達家《だてけ》を守《まも》りぬき、仙台《せんだい》の地《ち》に新《あたら》しい城《しろ》をきずき、その城《じょう》下町《かまち》を「奥羽《おうう》の都《みやこ》」として繁栄《はんえい》させた。

「あと三十年《ねん》早《はや》く生《う》まれていたら、天下《てんか》を統一《とういつ》しただろう。」と言《い》われる政宗《まさむね》は、その身《み》に何度《なんど》もふりかかってくる危難《きなん》を、どうやってきりぬけていったか?

「最後《さいご》の戦国武将《せんごくぶしょう》」そして「天下《てんか》の副将軍《ふくしょうぐん》」と呼《よ》ばれた伊達政宗《だてまさむね》の、武勇《ぶゆう》と知恵《ちえ》を楽《たの》しみながら読《よ》んでみよう。

第《だい》一章《しょう》　いじけた心《こころ》

「ピィー。」

青《あお》い羽《はね》の小鳥《ことり》が、桜《さくら》の樹《き》の上《うえ》で、鳴《な》いた。

その声《こえ》に、六歳《さい》の梵天丸《ぼんてんまる》は、びくっと、身《み》をふるわせた。樹《き》の陰《かげ》にかくれるように身《み》をひそめている自分《じぶん》が、とがめられたような気《き》がしたのだ。梵天丸《ぼんてんまる》は息《いき》をしずめ、気《き》をとりなおして、遠《とお》くの部屋《へや》に、目《め》をやった。

元亀《げんき》三年《ねん》（一五七二年《ねん》）の、五月三日《がつみっか》だった。

出羽《でわ》の米沢城《よねざわじょう》の東《ひがし》の館《やかた》にある、その部屋《へや》は、明《あか》るい日《ひ》ざしにつつまれていた。その部屋《へや》では、「お東《ひがし》さま」と呼《よ》ばれている母《はは》の義姫《よしひめ》が、弟《おとうと》の竺丸《じくまる》に声《こえ》をかけていた。

「竺丸《じくまる》や。そなたは、なんて、かわいらしいのだろうねえ……。」

美《うつく》しい姿《すがた》にもかかわらず、薙刀《なぎなた》や小太刀《こだち》を勇《いさ》ましくふるう、気性《きしょう》のはげしさから、「奥羽《おうう》の鬼姫《おにひめ》」と呼《よ》ばれていた母《はは》の義姫《よしひめ》が、あまい、やさしい声《こえ》で、弟《おとうと》の竺丸《じくまる》をかわいがっていた。母《はは》のおつきの侍女《じじょ》たちも、竺丸《じくまる》をほめそやして、やまなかった。

「ほんとうに、竺丸《じくまる》さまは、上品《じょうひん》なお人形《にんぎょう》さまのようでございます。」

「お東《ひがし》さまの美《うつく》しさと、お館《やかた》さま（伊達輝宗《だててるむね》）のりりしさを、かねそなえておられます。」

遠《とお》くから、きれぎれに聞《き》こえてくる、それらの声《こえ》に、耳《みみ》をそばだてながら、梵天丸《ぼんてんまる》はつぶやいた。

「なぜ、母上《ははうえ》は、弟《おとうと》ばかりかわいがるのだろう……。」

＊

その六年前《ねんまえ》の永禄《えいろく》九年《ねん》（一五六六年《ねん》）のことだった。

伊達家《だてけ》に嫁《とつ》いでいた義姫《よしひめ》は、十九歳《さい》になった秋《あき》の日《ひ》、伊達家《だてけ》の十六代当主《だいとうしゅ》、二十三歳《さい》の伊達輝宗《だててるむね》とのあいだに、一日《いちにち》も早《はや》く男子《だんし》が生《う》まれてほしいと願《ねが》い、行者《ぎょうじゃ》の長海《ちょうかい》を呼《よ》んだ。

「武芸《ぶげい》にすぐれた、かしこい男《おとこ》の子《こ》が生《う》まれますよう、祈《いの》ってください。」

長海《ちょうかい》は、古《ふる》くから多《おお》くの行者《ぎょうじゃ》が修行《しゅぎょう》した信仰《しんこう》の山《やま》、湯殿山《ゆどのさん》にのぼって祈《いの》った。長海《ちょうかい》が祈《いの》りのときに使《つか》った幣束《へいそく》（二本《ほん》の紙《かみ》やさいた麻《あさ》を竹《たけ》や木《き》にはさんで、神前《しんぜん》にそなえるもの）

を、義姫《よしひめ》は寝室《しんしつ》の床《とこ》の間《ま》に置《お》いた。すると、その夜《よる》、義姫《よしひめ》の夢《ゆめ》に、神々《こうごう》しい姿《すがた》の上人《しょうにん》（高《こう》徳《とく》の僧《そう》）があらわれた。

「そなたのからだに、宿《やど》を借《か》りたい。」

おごそかな声《こえ》で言《い》う上人《しょうにん》に、義姫《よしひめ》は言《い》った。

「わたくしひとりでは、答《こた》えられません。夫《おっと》に相談《そうだん》いたします。」

あくる朝《あさ》、義姫《よしひめ》は夫《おっと》の輝宗《てるむね》に、夢《ゆめ》の話《はなし》をうちあけた。

「良《よ》い夢《ゆめ》ではないか。」輝宗《てるむね》は手《て》を打《う》って、よろこんだ。「次《つぎ》に上人《しょうにん》がそなたの夢《ゆめ》にあらわれたなら、ゆるすと言《い》うがよい。」

その夜《よる》、義姫《よしひめ》が眠《ねむ》りにつくと、上人《しょうにん》が夢《ゆめ》の中《なか》にあらわれた。義姫《よしひめ》は言《い》った。

「夫《おっと》から、ゆるしをえました。どうぞ、わたくしのからだに、お宿《やど》をとってくださいませ。」

上人《しょうにん》はうなずいて、言《い》った。

「時《とき》が来《く》れば、良《よ》い男《おとこ》の子《こ》が生《う》まれるであろう。名《な》を、梵天丸《ぼんてんまる》とするがよい。」

梵天《ぼんてん》とは、幣束《へいそく》のことで、「神《かみ》の依代《よりしろ》（神霊《しんれい》が乗《の》り移《うつ》るもの）」という意味《いみ》があった。

その夢《ゆめ》から、およそ十か月《げつ》が過《す》ぎた。

上人《しょうにん》の予言《よげん》どおりに、永禄《えいろく》十年《ねん》（一五六七年《ねん》）の八月三日《がつみっか》、米沢城《よねざわじょう》の東《ひがし》の館《やかた》で、義姫《よしひめ》は男《おとこ》の子《こ》を産《う》んだ。伊達家《だてけ》のあとつぎとなる男子《だんし》の誕生《たんじょう》に、米沢城《よねざわじょう》はよろこびにつつまれた。

「お義《よし》。良《よ》い子《こ》を産《う》んでくれたな。」父《ちち》の輝宗《てるむね》は、やわらかな産着《うぶぎ》にくるまれている赤子《あかご》をのぞきこんで、言《い》った。「上人《しょうにん》が名《な》づけてくれた梵天丸《ぼんてんまる》という名《な》にふさわしい、良《よ》い顔《かお》だ。」

「そうでございますか。」

義姫《よしひめ》は、うれしそうにほほえんだ。

「上人《しょうにん》さまの生《う》まれ変《か》わりと思《おも》われる、この子《こ》は……。」輝宗《てるむね》は、ふっと胸《むね》の思《おも》いをもらすように、つぶやいた。「こうるさい親戚《しんせき》がひしめいて、領地争《りょうちあらそ》いの絶《た》えない、この奥羽《おうう》を、ひとつにたばねてくれるだろう……。」

それを聞《き》いて、義姫《よしひめ》が眉《まゆ》をひそめた。

「はて、殿《との》。こうるさい親戚《しんせき》とは、もしや、山形城主《やまがたじょうしゅ》である、わが父《ちち》の最上義守《もがみよしもり》でございますか？　それとも、わが兄《あに》の最上義光《もがみよしあき》のことでございますか？」

輝宗《てるむね》は苦笑《にがわら》いをうかべ、義姫《よしひめ》をなだめた。

「ちがう、お義《よし》。それは最上《もがみ》の舅《しゅうと》どのや、そなたの兄《あに》のことではない。」

義姫《よしひめ》はうなずいて、言《い》った。

「そうであれば、よろしいのです。梵天丸《ぼんてんまる》には、伊達《だて》と最上《もがみ》の血《ち》が半分《はんぶん》ずつ流《なが》れております。ですから、伊達家《だてけ》と最上家《もがみけ》とは、けっして争《あらそ》わないようにしなければなりません。」

「わかっている、お義《よし》……。」

輝宗《てるむね》はつぶやいたが、心《こころ》では、べつなことを考《かんが》えていた。

伊達家《だてけ》の十六代当主《だいとうしゅ》となったときから、輝宗《てるむね》にはひとつの夢《ゆめ》があった。それは、豪族《ごうぞく》や小大名《しょうだいみょう》が乱立《らんりつ》している奥羽《おうう》の地《ち》を、伊達家《だてけ》がひとつにたばねるという夢《ゆめ》だった。

しかし、いくさよりも、能《のう》や和歌《わか》、香道《こうどう》、茶道《さどう》を好《この》み、「春《はる》の月《つき》、秋《あき》の風《かぜ》のようなお方《かた》。」と、寿徳寺《じゅとくじ》の僧《そう》に、おだやかな人柄《ひとがら》をたたえられていた輝宗《てるむね》には、それはとうてい、かなえられない夢《ゆめ》だった。

すやすやと眠《ねむ》っている梵天丸《ぼんてんまる》を見《み》ながら、輝宗《てるむね》は考《かんが》えた。

「いまの世《よ》では、弱《よわ》い国《くに》は強《つよ》い国《くに》にほろぼされる運命《うんめい》だ。ここ奥羽《おうう》より西《にし》の地《ち》では、強力《きょうりょく》な大名《だいみょう》がまわりの弱《よわ》い国《くに》を攻《せ》めて、ちゃくちゃくと領土《りょうど》をひろげている……。」

黒革《くろかわ》のすねあてを付《つ》けていたことから「黒《くろ》はばき組《ぐみ》」と呼《よ》ばれる、伊達家《だてけ》おかかえの忍《しの》びの軍団《ぐんだん》を全国《ぜんこく》にはなち、たえず大名《だいみょう》たちの情勢《じょうせい》を調《しら》べさせていた輝宗《てるむね》が、とりわけ注目《ちゅうもく》していたのは、尾張《おわり》（愛知県西部《あいちけんせいぶ》）の織田信長《おだのぶなが》だった。

「わたしより十年上《とおとしうえ》の信長《のぶなが》は、七年前《ねんまえ》、駿河《するが》・遠江《とおとうみ》・三河《みかわ》（静岡県《しずおかけん》と愛知県《あいちけん》の一部《いちぶ》）の大《だい》大名《だいみょう》、今川義元《いまがわよしもと》の三万《まん》の大軍《たいぐん》を、桶狭間《おけはざま》の地《ち》で、わずか三千の兵《へい》で打《う》ち破《やぶ》り、いまは美濃《みの》（岐阜県南部《ぎふけんなんぶ》）を攻《せ》めている。稲葉山城《いなばやまじょう》を落《お》として、美濃《みの》を手《て》に入《い》れたら、信長《のぶなが》は天下《てんか》に号令《ごうれい》しようと、京《きょう》へ向《む》かうにちがいない。わが国《くに》の中心《ちゅうしん》ともいうべき京《きょう》を制《せい》することが、天下人《てんかびと》となるためには、絶対《ぜったい》に欠《か》かせないからだ……。」

しかし、輝宗《てるむね》が見《み》るところ、天下取《てんかと》りをめざしている大名《だいみょう》は、信長《のぶなが》だけではなかった。

甲斐《かい》（山梨県《やまなしけん》）には、無敵《むてき》の騎馬軍団《きばぐんだん》をひきいる「甲斐《かい》の虎《とら》」、四十七歳《さい》の武田信玄《たけだしんげん》がいた。

「信玄《しんげん》も、その強《つよ》さは信長《のぶなが》におとらない。父《ちち》の武田信虎《たけだのぶとら》を追放《ついほう》し、甲斐《かい》を手《て》に入《い》れた信玄《しんげん》は、同盟《どうめい》していた信濃《しなの》（長野県《ながのけん》）に兵《へい》を向《む》け、その地《ち》を手《て》に入《い》れた。だが、信玄《しんげん》には、天《てん》敵《てき》が隣国《りんごく》の越後《えちご》（佐渡島《さどがしま》を除《のぞ》く新潟県《にいがたけん》）にいる。『越後《えちご》の龍《りゅう》』と呼《よ》ばれる上杉謙信《うえすぎけんしん》は、これまで一度《いちど》もいくさに負《ま》けたことがないと聞《き》く。信玄《しんげん》と謙信《けんしん》は、川中島《かわなかじま》で何度《なんど》も戦《たたか》っているが、勝《か》ち残《のこ》ったほうが、天下取《てんかと》りに動《うご》くだろう……。しかし、織田信長《おだのぶなが》、武田信玄《たけだしんげん》、上《うえ》杉謙信《すぎけんしん》といった強者《きょうしゃ》のうち、もっとも天下取《てんかと》りに近《ちか》いのは、だれなのだろう？」

伊達家《だてけ》を守《まも》るため、西《にし》の地《ち》の情勢《じょうせい》にたえず気《き》を配《くば》ってきた輝宗《てるむね》は、あらためて、生《う》まれたばかりの梵天丸《ぼんてんまる》を見《み》つめて、心《こころ》の中《なか》でささやいた。

「梵天丸《ぼんてんまる》よ。一日《いちにち》も早《はや》く、大《おお》きくなれ。伊達家《だてけ》を大《おお》きく強《つよ》くして、西《にし》の大名《だいみょう》と戦《たたか》っても負《ま》けない、『奥羽《おうう》の王《おう》』となってくれ……。」

このとき、義姫《よしひめ》が、いとおしくてたまらないように、梵天丸《ぼんてんまる》のほおをなでながら、言《い》った。

「殿《との》、わたくしは梵天丸《ぼんてんまる》をそばに置《お》いて育《そだ》てたいのですが……。」

「お義《よし》、それはゆるされない。」輝宗《てるむね》は首《くび》をふった。「伊達家《だてけ》の嫡男《ちゃくなん》は、母《はは》とはべつの館《やかた》で育《そだ》てられなくてはならないのだ。」

「どうしても、だめなのですか？」

くちびるを噛《か》んで、義姫《よしひめ》が言《い》うと、輝宗《てるむね》は言《い》った。

「うむ。それが決《き》まりなのだ。」

こうして伊達家《だてけ》の決《き》まりとして、嫡男《ちゃくなん》の梵天丸《ぼんてんまる》は、母《はは》と離《はな》れた本丸《ほんまる》の館《やかた》で、乳母《うば》や家臣《かしん》たちの間《あいだ》で育《そだ》てられた。

「梵天《ぼんてん》はいま、どうしているのだろう……。」

わが子《こ》と離《はな》れて暮《く》らさなければならないことに、さびしさをおぼえていた義姫《よしひめ》は、幼《おさな》い梵天丸《ぼんてんまる》が侍女《じじょ》に手《て》をひかれて、自分《じぶん》の住《す》む東《ひがし》の館《やかた》にやってくると、目《め》をほそめて、よろこんだ。

「よく来《き》たね、梵天《ぼんてん》。」梵天丸《ぼんてんまる》を抱《だ》き、その頭《あたま》をやさしくなでて、義姫《よしひめ》は言《い》った。「梵天《ぼんてん》、京《きょう》から届《とど》いたお菓子《かし》を、いっしょに食《た》べましょう。お菓子《かし》を食《た》べたら、かるたをいたしましょう……。」

おつきの侍女《じじょ》たちも、義姫《よしひめ》のきげんをそこなわないよう、梵天丸《ぼんてんまる》をもてなした。

けれど、幸《しあわ》せな時《とき》は続《つづ》かなかった。弟《おとうと》の竺丸《じくまる》が生《う》まれ、成長《せいちょう》するにつれ、母《はは》の態度《たいど》が、がらりと変《か》わったのだ。

弟《おとうと》の竺丸《じくまる》は次男《じなん》のため、そばに置《お》いて育《そだ》てることがゆるされたので、義姫《よしひめ》はこれまで満《み》たされなかった思《おも》いを竺丸《じくまる》に向《む》け、ありったけの愛情《あいじょう》をそそぐようになった。そして、梵天丸《ぼんてんまる》が東《ひがし》の館《やかた》へ行《い》っても、義姫《よしひめ》はかまってくれなくなった。

「おや、竺丸《じくまる》がくしゃみをしたよ。あたたかい着物《きもの》を、着《き》せてあげなくてはね。ほうら、これであたたかいだろう。」

竺丸《じくまる》ひとりにかまけている義姫《よしひめ》は、梵天丸《ぼんてんまる》が近《ちか》くにいることを、まったく忘《わす》れているかのようだった。

「――母上《ははうえ》、梵天《ぼんてん》もおそばにいます。梵天《ぼんてん》にも声《こえ》をかけてください。前《まえ》のように、お菓子《かし》をください。かるた遊《あそ》びをしてください。」

梵天丸《ぼんてんまる》はそう母《はは》に言《い》いたかったが、言《い》えなかった。母《はは》にかまってもらえないまま、梵天《ぼんてん》丸《まる》はしょんぼりと肩《かた》を落《お》として、自分《じぶん》の部屋《へや》にもどっていくしかなかった。そうしたことが何度《なんど》もくりかえされるうち、梵天丸《ぼんてんまる》はいじけてしまった。いつしか母《はは》の部屋《へや》へ行《い》くことさえ、ためらうようになった。

そして、元亀《げんき》三年《ねん》の五月三日《がつみっか》。

ずっと会《あ》っていない母上《ははうえ》に、会《あ》いたい……。その思《おも》いにかられ、梵天丸《ぼんてんまる》は期待《きたい》と不安《ふあん》に気持《きも》ちを高《たか》ぶらせて、ひとりで東《ひがし》の館《やかた》へ足《あし》を向《む》けた。しかし、母《はは》の部屋《へや》が近《ちか》づくにつれ、また無視《むし》されるのではないかと、部屋《へや》へ行《い》くことがためらわれ、庭《にわ》に出《で》た。桜《さくら》の樹《き》にかくれて、遠《とお》くから母《はは》の様子《ようす》をうかがった……。

＊

「ピィー。」

青《あお》い羽《はね》の小鳥《ことり》が、ふたたび、長《なが》い尾《お》をふるわせ、桜《さくら》の樹《き》の上《うえ》で鳴《な》いた。

母《はは》に愛《あい》されていたころのうれしさ、母《はは》にかまってもらえなくなってからのさびしさ。それら、よろこびと悲《かな》しみの思《おも》い出《で》を、じっと嚙《か》みしめていた梵天丸《ぼんてんまる》は、あらためて、母《はは》の部屋《へや》を見《み》やった。

日《ひ》ざしのふりそそぐ、明《あか》るい部屋《へや》からは、義姫《よしひめ》のはなやかな笑《わら》い声《ごえ》と、おつきの侍女《じじょ》たちの笑《わら》いさざめく声《こえ》が、きれぎれに聞《き》こえてくる。

「母上《ははうえ》……。」梵天丸《ぼんてんまる》はつぶやいた。「前《まえ》のように、梵天《ぼんてん》をかわいがってください……。」

こらえきれず、梵天丸《ぼんてんまる》は涙《なみだ》をこぼした。涙《なみだ》とともに、うつ、うつと、声《こえ》が出《で》そうになるのをこらえ、梵天丸《ぼんてんまる》は、足音《あしおと》をたてないようにして、桜《さくら》の樹《き》から離《はな》れていった。

「母上《ははうえ》、なぜなのですか？　なぜ、梵天《ぼんてん》を、おきらいになったのですか……？」

ぬぐっても、ぬぐっても、あふれ出《で》てくる涙《なみだ》に、梵天丸《ぼんてんまる》はほおを濡《ぬ》らし、とぼとぼと、米沢城《よねざわじょう》の本丸《ほんまる》にある自分《じぶん》の部屋《へや》へもどっていった。

「もう、行《い》かないぞ。」梵天丸《ぼんてんまる》は悲《かな》しみをふりはらい、心《こころ》に決《き》めた。「母《はは》のもとへは、もう二度《にど》と行《い》かないぞ……。」

その日《ひ》から一週間《しゅうかん》、梵天丸《ぼんてんまる》は東《ひがし》の館《やかた》へ行《い》かなかった。

こうして、母《はは》の愛《あい》がえられず、すっかりいじけてしまった梵天丸《ぼんてんまる》に、追《お》い打《う》ちをかけるように、ある日《ひ》、災《わざわ》いがふりかかった。

第《だい》二章《しょう》　死《し》の病《やまい》

米沢城下《よねざわじょうか》ではやっていた、そのころは「死病《しびょう》」とおそれられていた疱瘡《ほうそう》（天然痘《てんねんとう》）が、梵天丸《ぼんてんまる》をおそったのだ。

梵天丸《ぼんてんまる》は高熱《こうねつ》を発《はっ》して、意識《いしき》を失《うしな》い、がたがたとふるえつづけた。日夜《にちや》、生死《せいし》のさかいをさまよう梵天丸《ぼんてんまる》に、輝宗《てるむね》は、病《やまい》がうつるかもしれないのに、それをおそれず、つきっきりになった。

「しっかりするのだ、梵天丸《ぼんてんまる》。」

輝宗《てるむね》は、遠方《えんぽう》から高名《こうめい》な医師《いし》を呼《よ》び、高価《こうか》な薬《くすり》をもとめ、高僧《こうそう》や修験者《しゅげんじゃ》たちに、梵天丸《ぼんてんまる》の病《やまい》が治《なお》るように、祈《いの》らせた。

「梵天丸《ぼんてんまる》よ、死《し》んではならないぞ。」

夜《よる》も眠《ねむ》らないで心配《しんぱい》している輝宗《てるむね》に反《はん》して、母《はは》の義姫《よしひめ》は、梵天丸《ぼんてんまる》の病《やまい》に、まるで関心《かんしん》がない様子《ようす》だった。

「お義《よし》、なにを考《かんが》えているのだ。梵天《ぼんてん》のことが、心配《しんぱい》ではないのか。」

見《み》かねて、輝宗《てるむね》がなじると、義姫《よしひめ》は首《くび》をふって、言《い》った。

「心配《しんぱい》でございますとも。でも、万《まん》が一《いち》、梵天《ぼんてん》の病《やまい》が、竺丸《じくまる》にうつっては、それこそ、大《だい》事《じ》ではありませんか。」

そう、いいわけをして、義姫《よしひめ》は、梵天丸《ぼんてんまる》をけっして見舞《みま》おうとはしなかった。

「母上《ははうえ》、母上《ははうえ》……。」

梵天丸《ぼんてんまる》は、うわごとで、母《はは》を呼《よ》びつづけた。

いっときは高熱《こうねつ》が続《つづ》き、命《いのち》さえもあやぶまれたが、なんとしても生《い》きようとする梵天丸《ぼんてんまる》の生命力《せいめいりょく》が病《やまい》に勝《か》ったのか、ある夜《よ》をさかいにして、すうっと熱《ねつ》がひき、梵天丸《ぼんてんまる》の病《やまい》は、とうげを越《こ》えた。

「よし、これで、治《なお》るぞ!」

輝宗《てるむね》はおどりあがらんばかりに、よろこんだ。

しかし、命《いのち》はとりとめたものの、梵天丸《ぼんてんまる》をおそった災《わざわ》いの魔手《ましゅ》は、完全《かんぜん》には梵天丸《ぼんてんまる》を離《はな》

してくれなかった。

「疱瘡《ほうそう》は、治《なお》りました。」

医師《いし》がそう告《つ》げて、梵天丸《ぼんてんまる》の両目《りょうめ》に巻《ま》かれていた包帯《ほうたい》がとられた。しかし、左目《ひだりめ》は見《み》えたが、右目《みぎめ》は、なにも見《み》えなかったのだ。

「父上《ちちうえ》、見《み》えません。右《みぎ》の目《め》が見《み》えません。」

梵天丸《ぼんてんまる》は、悲《かな》しい声《こえ》で、輝宗《てるむね》にうったえた。輝宗《てるむね》は眉《まゆ》をひそめ、梵天丸《ぼんてんまる》の右目《みぎめ》が見《み》えなくなっていることをたしかめると、医師《いし》たちにたずねた。

「梵天《ぼんてん》の右目《みぎめ》は、治《なお》らないのか？」

医師《いし》たちはうなだれて答《こた》えた。

「もうしわけございません。しかし、治《なお》らないとされている疱瘡《ほうそう》が治《なお》り、お命《いのち》が助《たす》かっただけでも、幸《さいわ》いなことではないかと……。」

うちひしがれている梵天丸《ぼんてんまる》を元気《げんき》づけるため、輝宗《てるむね》は言《い》い聞《き》かせた。

「しょんぼりするな、梵天丸《ぼんてんまる》。そなたは、だれもがおそれる疱瘡《ほうそう》に、みごと打《う》ち勝《か》ったのだぞ。それは、神仏《しんぶつ》がそなたを守《まも》ってくれている証《あかし》ではないか。」

けれど、どのように父《ちち》になぐさめられても、梵天丸《ぼんてんまる》にとって、右目《みぎめ》が見《み》えなくなったのは、つらいことだった。梵天丸《ぼんてんまる》は、一日中《いちにちじゅう》部屋《へや》にひきこもるようになった。ときおり、ひとりで庭《にわ》に出《で》て、池《いけ》の水面《すいめん》に映《うつ》る自分《じぶん》の姿《すがた》を見《み》つめ、つぶやくのだった。

「見《み》えない。右目《みぎめ》が見《み》えない……。」


そうした梵天丸《ぼんてんまる》にたいして、母《はは》の義姫《よしひめ》はあいかわらず冷《つめ》たく、病《やまい》が癒《い》えたあとでも、梵《ぼん》天丸《てんまる》に会《あ》いに来《こ》なかった。

「母上《ははうえ》に会《あ》いたい……。」

母恋《ははこい》しさがつのり、梵天丸《ぼんてんまる》がふらふらと東《ひがし》の館《やかた》へ行《い》き、庭《にわ》から、そうっと母《はは》の部屋《へや》を見《み》やると、義姫《よしひめ》は弟《おとうと》の竺丸《じくまる》に寄《よ》りそっていた。

「竺丸《じくまる》や、さあ、お菓子《かし》をお食《た》べ。そうして、早《はや》く大《おお》きくなっておくれ。母《はは》を抱《だ》きあげるほど、大《おお》きくなっておくれ……。」

弟《おとうと》をあまやかしている母《はは》の様子《ようす》は、長男《ちょうなん》である梵天丸《ぼんてんまる》のことなど、すっかり忘《わす》れてしまっているようだった。

「母上《ははうえ》、梵天《ぼんてん》は、病《やまい》は治《なお》りましたが、右《みぎ》の目《め》が見《み》えなくなりました……。」

桜《さくら》の樹《き》の陰《かげ》にかくれて、遠《とお》くの母《はは》を見《み》やりながら、梵天丸《ぼんてんまる》はつぶやいた。しかし、母《はは》になぐさめてもらいたいと願《ねが》う、梵天丸《ぼんてんまる》の心《こころ》は、義姫《よしひめ》にはまったく届《とど》かないようだった。


「これでは、いけない。」

輝宗《てるむね》は、梵天丸《ぼんてんまる》の心《こころ》の状態《じょうたい》を心配《しんぱい》し、教育係《きょういくがかり》として、臨済宗《りんざいしゅう》の禅僧《ぜんそう》、虎哉宗乙《こさいそういつ》を米沢《よねざわ》に招《まね》いた。虎哉《こさい》は、「心頭滅却《しんとうめっきゃく》すれば火《ひ》も自《おのず》ら涼《すず》し（心《こころ》をしずめれば、火《ひ》も涼《すず》しい。転《てん》じて、いかなる苦痛《くつう》であっても、これを超越《ちょうえつ》して心《こころ》に留《と》めなければ、その苦痛《くつう》を感《かん》じない、の意味《いみ》）。」という名言《めいげん》を残《のこ》して、炎《ほのお》の中《なか》で、座禅《ざぜん》をくんで死《し》んでいった名僧《めいそう》、快川紹喜《かいせんじょうき》の一番弟子《いちばんでし》だった。

「虎哉和尚《こさいおしょう》。」輝宗《てるむね》は頭《あたま》をさげて、虎哉《こさい》にたのんだ。「このままでは、梵天丸《ぼんてんまる》のゆくすえが案《あん》じられます。和尚《おしょう》の力《ちから》で、梵天丸《ぼんてんまる》がりっぱな武将《ぶしょう》となるように、導《みちび》いてください。」

教育係《きょういくがかり》をひきうけた虎哉《こさい》は、梵天丸《ぼんてんまる》を目《め》の前《まえ》にすわらせると、じいっと見《み》つめた。

「梵天丸《ぼんてんまる》よ。」虎哉《こさい》は言《い》った。「ひとはなぜ学問《がくもん》をするか、わかるか？」

梵天丸《ぼんてんまる》はうつむき、しばらく考《かんが》えてから、おずおずと答《こた》えた。

「かしこくなる、ためですか？」

「それもある。しかし、それだけではないぞ。」虎哉《こさい》は声《こえ》を強《つよ》くして言《い》った。「学問《がくもん》は、心《こころ》を強《つよ》くしてくれるからだ。心《こころ》の目《め》を、磨《みが》いてくれるからだ。」

「心《こころ》の目《め》？」

「そうだ。梵天丸《ぼんてんまる》よ、そなたはいま、いろいろなことに傷《きず》ついているであろう。それは、ものごとの外見《がいけん》に、とらわれているからだ。外見《がいけん》にまどわされず、心《こころ》の目《め》で、ものごとを見《み》ることをおぼえよ。」

虎哉《こさい》は、仏《ほとけ》の教《おし》えから、兵法《へいほう》の書《しょ》、漢詩《かんし》、連歌《れんが》、茶道《さどう》まで、はばひろく梵天丸《ぼんてんまる》に教《おし》えていった。その教《おし》え方《かた》には、独特《どくとく》なものがあった。

第三章《だいさんしょう》　心《こころ》の目《め》

あるとき虎哉《こさい》は、書《しょ》を読《よ》んでいる梵天丸《ぼんてんまる》に近《ちか》づいてくると、いきなり、梵天丸《ぼんてんまる》のほおを、ぐいっと、つねった。

「痛《いた》いか？」

梵天丸《ぼんてんまる》はおどろいて、正直《しょうじき》に言《い》った。

「痛《いた》い。」

すると、虎哉《こさい》は言《い》った。

「痛《いた》ければ、痛《いた》くない、と言《い》え。悲《かな》しければ、笑《わら》え。暑《あつ》ければ、寒《さむ》いと言《い》え。」

梵天丸《ぼんてんまる》がとまどっていると、虎哉《こさい》は言《い》った。

「よいか、梵天丸《ぼんてんまる》。多《おお》くの家臣《かしん》をひきいる大将《たいしょう》は、みずからの感情《かんじょう》を、表《おもて》に出《だ》してはならない。やせがまんをせよ。」

やせがまん？　痛《いた》ければ、痛《いた》くない。悲《かな》しければ、笑《わら》い、暑《あつ》ければ、寒《さむ》いと、大将《たいしょう》は言《い》わなければいけないのか？　でも、なぜ？　梵天丸《ぼんてんまる》が考《かんが》えていると、虎哉《こさい》はさらに言《い》った。

「よいか、梵天丸《ぼんてんまる》。大将《たいしょう》は、人前《ひとまえ》で寝《ね》るな。風邪《かぜ》だの、頭《あたま》が痛《いた》いだのと、だらしなく横《よこ》たわってはならない。よいな、梵天丸《ぼんてんまる》。」


また、あるとき、虎哉《こさい》は両手《りょうて》を打《う》ち合《あ》わせ、大《おお》きな音《おと》を鳴《な》らして、梵天丸《ぼんてんまる》にたずねた。

「どうだ、梵天丸《ぼんてんまる》。いま音《おと》が出《で》たのは、右手《みぎて》か？　それとも、左手《ひだりて》か？」

答《こた》えがわからず、とまどっている梵天丸《ぼんてんまる》に向《む》かって、虎哉《こさい》は言《い》った。

「いまは、わからずともよい。わかるまで何年《なんねん》かかってもよいから、じっくりと考《かんが》えてみよ。」

梵天丸《ぼんてんまる》は考《かんが》えこんだ。——両手《りょうて》を合《あ》わせて鳴《な》らしたとき、音《おと》を出《だ》したのは右手《みぎて》か、左手《ひだりて》か？　これは、禅問答《ぜんもんどう》にある公案《こうあん》（禅宗《ぜんしゅう》において、修行者《しゅぎょうしゃ》が悟《さと》りをひらくための課題《かだい》としてあたえられる問題《もんだい》）のひとつだった。

『孤掌鳴《こしょうな》り難《がた》し。』——片手《かたて》だけでは、音《おと》は鳴《な》らない。両手《りょうて》を合《あ》わせなければ、音《おと》は出《で》ない。つまり、大事《だいじ》をなすためには、ひとりだけではできない。だれかの助《たす》けや協力《きょうりょく》が必要《ひつよう》である。そのことを虎哉《こさい》は、梵天丸《ぼんてんまる》に教《おし》えようとしたのだ。

梵天丸《ぼんてんまる》は、ひとりのときに、両手《りょうて》を打《う》って考《かんが》えてみたが、やっぱり、わからなかった。

虎哉《こさい》の問《と》いの答《こた》えがわかったのは、それから、しばらくあとのことだった。


そして、ある日《ひ》のこと、梵天丸《ぼんてんまる》は、庭《にわ》に咲《さ》いていた紫色《むらさきいろ》の桔梗《ききょう》の花《はな》を、虎哉《こさい》にささげた。虎哉《こさい》は桔梗《ききょう》を受《う》けとると、言《い》った。

「目《め》を閉《と》じるがいい。」

梵天丸《ぼんてんまる》が左目《ひだりめ》を閉《と》じると、虎哉《こさい》は梵天丸《ぼんてんまる》にたずねた。

「わしが持《も》っている花《はな》の色《いろ》は、なに色《いろ》か？」

梵天丸《ぼんてんまる》は目《め》を閉《と》じたまま、答《こた》えた。

「紫色《むらさきいろ》です。」

とたん、虎哉《こさい》は大声《おおごえ》でしかった。

「おろか者《もの》。見《み》もしないで、紫色《むらさきいろ》と言《い》うな。」

はっとして、梵天丸《ぼんてんまる》は左目《ひだりめ》をひらいた。あっ、ない。花《はな》がちぎれて、なくなっている桔《き》梗《きょう》を、梵天丸《ぼんてんまる》は見《み》つめた。いつのまにか、虎哉《こさい》が花《はな》をひきちぎっていたのだ。

「どうだ、これでも紫色《むらさきいろ》か？」

虎哉《こさい》はたずねた。このとき梵天丸《ぼんてんまる》のまぶたの裏《うら》に、ちぎれていない、元《もと》のままの桔梗《ききょう》の花《はな》が映《うつ》った。梵天丸《ぼんてんまる》は強《つよ》く首《くび》をふって、しっかりとした声《こえ》で言《い》った。

「紫色《むらさきいろ》です。心《こころ》の目《め》で見《み》れば、いまも紫色《むらさきいろ》の花《はな》が咲《さ》いています。」

「ほう……。」

虎哉《こさい》はほほえんだ。やさしいまなざしで、梵天丸《ぼんてんまる》を見《み》やった。

「さようか。心《こころ》の目《め》で見《み》たか……。」虎哉《こさい》は声《こえ》をやわらげた。「よいぞ、梵天《ぼんてん》。その心《こころ》の目《め》、大切《たいせつ》にせよ。」

梵天丸《ぼんてんまる》の学問《がくもん》は、どのくらい上達《じょうたつ》しているのだろう？

それを知《し》りたくなった父《ちち》の輝宗《てるむね》は、ある日《ひ》、虎哉《こさい》が住職《じゅうしょく》を務《つと》める資福寺《しふくじ》へ行《い》き、たずねた。

「いかがでしょうか、梵天丸《ぼんてんまる》は。」

虎哉《こさい》はにこやかに笑《わら》って、輝宗《てるむね》に言《い》った。

「若君《わかぎみ》は、まことに聡明《そうめい》。学問《がくもん》も武芸《ぶげい》も、ほかの子《こ》たちよりも、ぬきんでておられます。」

「それは、ありがたいこと。」

輝宗《てるむね》はひざを打《う》って、よろこんだ。

第《だい》四章《しょう》　朝《あさ》の陽《ひ》ざしをのむ

虎哉《こさい》の教《おし》えにより、梵天丸《ぼんてんまる》の学問《がくもん》と武芸《ぶげい》は上達《じょうたつ》したが、しかし、その表情《ひょうじょう》には、からっとした明《あか》るさがなかった。梵天丸《ぼんてんまる》のあの暗《くら》い顔《かお》は、母《はは》のお義《よし》に愛《あい》されていないからであろう……。そう考《かんが》えた輝宗《てるむね》は、愛情《あいじょう》を持《も》って梵天丸《ぼんてんまる》を世話《せわ》し、その表情《ひょうじょう》を明《あか》るくしてくれる乳母役《うばやく》をさがした。

「そのお役目《やくめ》は——。」家臣《かしん》が進言《しんげん》した。「片倉家《かたくらけ》の喜多《きた》がよろしいかと思《おも》われます。」

喜多《きた》は三十五歳《さい》、神社《じんじゃ》の宮司《ぐうじ》、片倉景重《かたくらかげしげ》と喜多《きた》の母《はは》が再婚《さいこん》して、片倉家《かたくらけ》の長女《ちょうじょ》となっていた。「女《おんな》なのに、小太刀《こだち》を使《つか》えば、男《おとこ》の武将《ぶしょう》よりも腕《うで》が立《た》つ。」と言《い》われていた。

天正元年《てんしょうがんねん》（一五七三年《ねん》）、喜多《きた》は、城《しろ》にあがってくるなり、とんでもない行動《こうどう》に出《で》た。廊下《ろうか》から庭《にわ》におり立《た》ち、白洲《しらす》（白《しろ》い砂《すな》を敷《し》いたところ）に片膝《かたひざ》をつき、持参《じさん》した濁《にご》り酒《ざけ》を、ぐいっ、ぐいっと、ひと瓶《びん》、飲《の》みほした。

「喜多《きた》どの。そのようなことをしたら、殿《との》にお手討《てう》ちにされますぞ。」

侍女《じじょ》たちがおどろき、さわぐなか、喜多《きた》は白洲《しらす》から上《あ》がり、廊下《ろうか》をふらふらと歩《ある》き、輝《てる》宗《むね》の前《まえ》に進《すす》み出《で》ると、ひれ伏《ふ》した。

「喜多《きた》でございます。お殿《との》さまのお召《め》しにしたがって、お城《しろ》に参《まい》りました。」

家臣《かしん》たちは色《いろ》めきたって、さわいだ。

「なんと、喜多《きた》。酔《よ》っているではないか。殿《との》の前《まえ》で、無礼《ぶれい》であろう。」

家臣《かしん》たちが口々《くちぐち》にとがめるなか、喜多《きた》はついっと顔《かお》をあげ、真剣《しんけん》な表情《ひょうじょう》で、輝宗《てるむね》に言《い》った。

「お殿《との》さま。喜多《きた》はこういう女《おんな》でございます。それでもかまわないとおっしゃるのなら、喜多《きた》はご奉公《ほうこう》にあがります。そして命《いのち》にかえても、若君《わかぎみ》をお守《まも》りいたします。」

輝宗《てるむね》は、大量《たいりょう》の酒《さけ》を飲《の》んだとは思《おも》えない、きりっとした顔《かお》の喜多《きた》を見《み》て、笑《わら》った。

「ならば、喜多《きた》。命《いのち》にかえても、梵天丸《ぼんてんまる》を守《まも》ってくれ。たのんだぞ。」

「はい。」喜多《きた》はひれ伏《ふ》して、声《こえ》をふるわせた。「これより喜多《きた》は、命《いのち》にかえて、若君《わかぎみ》をお守《まも》りいたします。」

このときはじめて緊張《きんちょう》の糸《いと》がほどけたように、喜多《きた》は、ぽたぽたと床《ゆか》に涙《なみだ》をこぼした。

輝宗《てるむね》は、七歳《さい》の梵天丸《ぼんてんまる》に、喜多《きた》を紹介《しょうかい》した。

「これより、そなたの乳母役《うばやく》となる喜多《きた》だ。喜多《きた》、顔《かお》をあげよ。」

ひれ伏《ふ》していた喜多《きた》は顔《かお》をあげ、梵天丸《ぼんてんまる》をやさしいまなざしで見《み》つめた。

「喜多《きた》でございます。これより若君《わかぎみ》のお世話《せわ》をいたします。もしも喜多《きた》にいたらないところがありましたなら、なんでもお申《もう》しつけくださいませ。」

輝宗《てるむね》は微笑《びしょう》して、言《い》った。

「よいか、梵天丸《ぼんてんまる》。虎哉和尚《こさいおしょう》と同《おな》じように、喜多《きた》の言《い》うことをよくきくのだぞ。」

梵天丸《ぼんてんまる》はうなずき、喜多《きた》を見《み》つめた。はじめて会《あ》う喜多《きた》に、梵天丸《ぼんてんまる》は気持《きも》ちがやわらぐのをおぼえた。ほおのふっくらとした、やさしい目元《めもと》の、喜多《きた》の顔《かお》に、梵天丸《ぼんてんまる》は母性《ぼせい》のやすらぎにも似《に》た、あたたかさを感《かん》じたのだ。

喜多《きた》は、どうすれば梵天丸《ぼんてんまる》を明《あか》るくすることができるかと考《かんが》え、じつに変《か》わった方法《ほうほう》を編《あ》みだした。

「さ、若君《わかぎみ》。起《お》きてください。」まだ日《ひ》が出《で》ていない時刻《じこく》に、喜多《きた》は眠《ねむ》っている梵天丸《ぼんてんまる》を起《お》こした。「今日《きょう》より、朝《あさ》の陽《ひ》ざしをおのみください。」

えっ、朝《あさ》の陽《ひ》ざしを、のめって？　梵天丸《ぼんてんまる》がとまどっていると、喜多《きた》は、寝《ね》ぼけまなこの梵天丸《ぼんてんまる》をともない、米沢城《よねざわじょう》の高《たか》い城壁《じょうへき》に立《た》たせた。あたりはまだ暗《くら》く、夜明《よあ》け前《まえ》の冷《つめ》たい風《かぜ》が、梵天丸《ぼんてんまる》の顔《かお》を吹《ふ》きぬけた。

「若君《わかぎみ》。これより東《ひがし》の空《そら》から、お陽《ひ》さまがのぼってきます。そちらへお顔《かお》をお向《む》けください。」

梵天丸《ぼんてんまる》が東《ひがし》に顔《かお》を向《む》けると、太陽《たいよう》が赤々《あかあか》と光《ひかり》を放《はな》ってのぼってきた。

「さ、若君《わかぎみ》。」喜多《きた》は言《い》った。「背筋《せすじ》をぐっと伸《の》ばし、口《くち》を大《おお》きく、おあけください。」

梵天丸《ぼんてんまる》が口《くち》をあけると、「若君《わかぎみ》。喜多《きた》がするように、お陽《ひ》さまの光《ひかり》をおのみください。」と、喜多《きた》は、太陽《たいよう》の光《ひかり》をのみこむように吸《す》いこんでみせた。

「なんと、若君《わかぎみ》。生《う》まれたばかりの陽《ひ》ざしは、おいしゅうございますな。」

ごくんと、空気《くうき》をのみこんで、喜多《きた》は言《い》った。

陽《ひ》ざしが、おいしいって？　梵天丸《ぼんてんまる》はまだ眠《ねむ》たかった。それなのに、城壁《じょうへき》に立《た》たされ、太陽《たいよう》の光《ひかり》をのみこめって？　いやだ、いやだ。梵天丸《ぼんてんまる》は首《くび》をふって、こばみたかった。しかし、自分《じぶん》に冷《つめ》たい母《はは》とちがって、自分《じぶん》への深《ふか》い愛《あい》が伝《つた》わってくる喜多《きた》に、さからいたくなかった。仕方《しかた》なく、梵天丸《ぼんてんまる》は陽《ひ》ざしをのみこんだふりをした。

「若君《わかぎみ》、おのみになりましたか？」

たずねる喜多《きた》に、梵天丸《ぼんてんまる》はうなずいた。

「うむ、のんだ。」

太陽《たいよう》の光《ひかり》をのむ朝《あさ》の行事《ぎょうじ》はくりかえされた。毎朝《まいあさ》、そうしているうちに、梵天丸《ぼんてんまる》は、ふとしたときに、太陽《たいよう》の光《ひかり》が自分《じぶん》の体《からだ》の中《なか》に、すうっと入《はい》ってくるような、新鮮《しんせん》な気分《きぶん》をおぼえ、愉快《ゆかい》に感《かん》じるようになった。

「喜多《きた》、のんだぞ。梵天《ぼんてん》は、しっかりと朝陽《あさひ》をのんだぞ。」

「それは、まことに、良《よ》いこと。朝《あさ》の陽《ひ》ざしは、若君《わかぎみ》の心身《しんしん》をしっかりと養《やしな》ってくださいますぞ。」それから喜多《きた》は言《い》った。「けれど、若君《わかぎみ》。あまりにおいしいからといって、のみすぎてはいけませんよ。」

まじめな顔《かお》で言《い》っている喜多《きた》に、梵天丸《ぼんてんまる》はふきだしそうになった。陽《ひ》ざしを、のみすぎるなって？　本気《ほんき》で言《い》っているのかな？　しかし、喜多《きた》の顔《かお》はまじめそのものだった。

こうして、自分《じぶん》におしみなくそそがれる喜多《きた》の愛情《あいじょう》を、太陽《たいよう》のまばゆい光《ひかり》とともに受《う》けとり、梵天丸《ぼんてんまる》はしだいに明《あか》るい表情《ひょうじょう》になっていった。

そうしたある日《ひ》、喜多《きた》とともに、梵天丸《ぼんてんまる》は城下《じょうか》の寺《てら》に参詣《さんけい》した。

仏壇《ぶつだん》に飾《かざ》られた、おそろしいまでに怒《いか》りの形相《ぎょうそう》（顔《かお》つき）をたたえている不動明王《ふどうみょうおう》を見《み》て、梵天丸《ぼんてんまる》は寺《てら》の僧《そう》にたずねた。

「これは、なにものか？　じつに、おそろしい顔《かお》をしているではないか。」

僧《そう》はかしこまって、こたえた。

「これは不動明王《ふどうみょうおう》さまでございます。猛々《たけだけ》しい面《おもて》ですが、じつは慈悲《じひ》ぶかく、われら衆生《しゅじょう》（人々《ひとびと》）をおすくいになる、ありがたいお方《かた》でございます。」

それを聞《き》くと、梵天丸《ぼんてんまる》は深《ふか》くうなずき、喜多《きた》に言《い》った。

「面《おもて》は猛々《たけだけ》しいが、心《こころ》は衆生《しゅじょう》をすくう、不動明王《ふどうみょうおう》か。喜多《きた》、梵天丸《ぼんてんまる》も不動明王《ふどうみょうおう》のようでありたいぞ。」

梵天丸《ぼんてんまる》のことばを、喜多《きた》から聞《き》くと、輝宗《てるむね》はひざをたたいて、よろこんだ。

「面《おもて》は猛々《たけだけ》しいが、心《こころ》は衆生《しゅじょう》をすくう不動明王《ふどうみょうおう》のようでありたい。梵天丸《ぼんてんまる》が、まこと、そう言《い》ったか。わしが見《み》こんだとおり、梵天丸《ぼんてんまる》は、不動明王《ふどうみょうおう》のような武将《ぶしょう》になるぞ。」

家臣《かしん》たちはうなずいた。

「はっ、これもみな、殿《との》の熱心《ねっしん》なご教育《きょういく》のたまものでございましょう。」

梵天丸《ぼんてんまる》の成長《せいちょう》をよろこんだ輝宗《てるむね》は、さらに考《かんが》えた。虎哉和尚《こさいおしょう》という、すぐれた師《し》。喜多《きた》という、愛情《あいじょう》にみちた乳母《うば》。あと、梵天丸《ぼんてんまる》に必要《ひつよう》なものは、なにか？　輝宗《てるむね》は、右手《みぎて》のこぶしで、左手《ひだりて》のひらを打《う》って、つぶやいた。

「梵天丸《ぼんてんまる》に必要《ひつよう》なのは、良《よ》い傅役《もりやく》（養育係《よういくがかり》）となり、良《よ》い相談役《そうだんやく》となる家臣《かしん》だ。」

第《だい》五章《しょう》　右目《みぎめ》を突《つ》け

天正《てんしょう》三年《ねん》（一五七五年《ねん》）、梵天丸《ぼんてんまる》の傅役《もりやく》に、十九歳《さい》の片倉小十郎景綱《かたくらこじゅうろうかげつな》を、輝宗《てるむね》は選《えら》んだ。

小十郎《こじゅうろう》は喜多《きた》の弟《おとうと》だった。伊達家《だてけ》に代々《だいだい》つかえている家臣《かしん》の出《で》ではなかったが、姉《あね》と同《おな》じく文武《ぶんぶ》にひいで、なによりも思慮《しりょ》深《ぶか》く、胆《きも》がすわっていた。

「小十郎《こじゅうろう》、梵天丸《ぼんてんまる》をたのむぞ。」輝宗《てるむね》は小十郎《こじゅうろう》に言《い》った。「梵天丸《ぼんてんまる》は、伊達家《だてけ》のあとつぎとなる身《み》。しっかりと導《みちび》いてくれ。」

「ははっ。」小十郎《こじゅうろう》は顔《かお》を染《そ》め、目《め》をかがやかせて言《い》った。「ありがたい殿《との》のおことば。片《かた》倉小十郎景綱《くらこじゅうろうかげつな》、生涯《しょうがい》、命《いのち》をかけて、若君《わかぎみ》をお守《まも》りいたします。」

ところが、そのころからだった。

梵天丸《ぼんてんまる》の右目《みぎめ》に、異変《いへん》が起《お》きはじめた。疱瘡《ほうそう》のあとの右目《みぎめ》に、悪《わる》い菌《きん》がついたのか、右《みぎ》の眼球《がんきゅう》が腫《は》れ上《あ》がり、飛《と》びだしてきたのだ。

「うぬっ。」いらだった梵天丸《ぼんてんまる》は、家臣《かしん》に命《めい》じた。「だれか、わたしの右目《みぎめ》を突《つ》いて、腫《は》れをつぶせ。」

家臣《かしん》たちはひるんだ。十《とお》に満《み》たない若君《わかぎみ》とはいえ、あるじである梵天丸《ぼんてんまる》に、刃《やいば》を向《む》けて、もしも、しくじったら、切腹《せっぷく》しなくてはならなかったからだ。

「だれも、できないのか。ええい、それならばっ！」

梵天丸《ぼんてんまる》は、みずから短刀《たんとう》で、右目《みぎめ》を突《つ》こうとした。

「しばらくっ！」小十郎《こじゅうろう》がさけんだ。「おそれながら、そのお役目《やくめ》、わたくしにおまかせください。」

するすると進《すす》み出《で》ると、小十郎《こじゅうろう》は脇差《わきざし》をかまえた。そして、ためらうことなく、梵天丸《ぼんてんまる》の右目《みぎめ》を一気《いっき》に突《つ》き、眼球《がんきゅう》をつぶした。

「うっ。」

梵天丸《ぼんてんまる》の右目《みぎめ》から、血《ち》が吹《ふ》き出《だ》した。あまりの痛《いた》みに、梵天丸《ぼんてんまる》は意識《いしき》を失《うしな》い、その場《ば》に倒《たお》れた。

「ごめんっ。」

小十郎《こじゅうろう》は、すばやく着物《きもの》の袖《そで》をちぎり、梵天丸《ぼんてんまる》の右目《みぎめ》をおおい、吹《ふ》き出《で》る血《ち》を止《と》めた。

それから、まわりがおどろくようなことばを、強《つよ》い口調《くちょう》で言《い》った。

「若君《わかぎみ》、気《き》を失《うしな》ってはなりません。この程度《ていど》の痛《いた》みで、武士《ぶし》が気《き》を失《うしな》うとは、情《なさ》けないことですぞ。」

その声《こえ》に、梵天丸《ぼんてんまる》が意識《いしき》をとりもどすと、小十郎《こじゅうろう》はしずかに言《い》った。

「若君《わかぎみ》に、無礼《ぶれい》をはたらきましたこと、おわびいたします。」

小十郎《こじゅうろう》は、その場《ば》で、いきなり切腹《せっぷく》しようとした。

「待《ま》て、小十郎《こじゅうろう》！」梵天丸《ぼんてんまる》は、さけんだ。「切腹《せっぷく》など、してはならない！ そなたは生《しょう》涯《がい》、わたしを守《まも》りぬくと、父上《ちちうえ》に約束《やくそく》したのではなかったか。」

梵天丸《ぼんてんまる》は左目《ひだりめ》から涙《なみだ》をこぼして、小十郎《こじゅうろう》の手《て》を強《つよ》くにぎりしめた。

「そうでございました、若君《わかぎみ》……。」

小十郎《こじゅうろう》は、梵天丸《ぼんてんまる》の手《て》を強《つよ》くにぎりかえして、むせび泣《な》いた。

このとき、梵天丸《ぼんてんまる》は、はっと気《き》づいた。

『孤掌鳴《こしょうな》り難《がた》し。』

三年前《ねんまえ》に、虎哉《こさい》が両手《りょうて》を打《う》って、「右手《みぎて》と左手《ひだりて》のどちらが鳴《な》ったか？」と、謎《なぞ》をかけたことばが、ふいに理解《りかい》できたのだ。――片手《かたて》だけでは音《おと》は鳴《な》らない。両手《りょうて》を合《あ》わせなければ音《おと》は出《で》ない。大事《だいじ》をなすには、ひとりだけではできない。だれかの協力《きょうりょく》が必要《ひつよう》なのだ。そうか。虎哉和尚《こさいおしょう》はそれを教《おし》えようとしたのか。わたしには、小十郎《こじゅうろう》のような、力《ちから》を合《あ》わせて音《おと》を鳴《な》らせてくれる者《もの》が、必要《ひつよう》だと……。

「そうで、あったか。」

家臣《かしん》たちに話《はなし》を聞《き》いた輝宗《てるむね》は、目《め》をうるませて、深《ふか》くうなずいた。小十郎《こじゅうろう》を選《えら》んだのがまちがっていなかったことを、輝宗《てるむね》は心《こころ》からよろこんだ。小十郎《こじゅうろう》よ、たのんだぞ。良《よ》い友《とも》、良《よ》い相談役《そうだんやく》として、梵天丸《ぼんてんまる》を守《まも》ってくれ。

この出来事《できごと》があってから、梵天丸《ぼんてんまる》は、はっきりと変《か》わった。小十郎《こじゅうろう》の刃《やいば》で、右目《みぎめ》の腫《は》れがひいたことが、きっかけになったかのように、きっぱりとした、芯《しん》の強《つよ》い、前向《まえむ》きの性格《せいかく》になった。

母《はは》の愛《あい》に飢《う》えて、暗《くら》い表情《ひょうじょう》をたたえていた梵天丸《ぼんてんまる》は、もはや、そこにはいなかった。虎哉和尚《こさいおしょう》の、きびしくもあたたかい教《おし》え。喜多《きた》の、ひたむきな愛《あい》とやさしさ。小十郎《こじゅうろう》の、命《いのち》をもささげてやまない真心《まごころ》。それらを一身《いっしん》に受《う》け、梵天丸《ぼんてんまる》は明《あか》るい心《こころ》と強《つよ》い自信《じしん》を持《も》つようになったのだ。

同《おな》じころ輝宗《てるむね》は、梵天丸《ぼんてんまる》の近習《きんじゅ》（側近《そっきん》）に、伊達成実《だてしげざね》をとりたてた。

「小十郎《こじゅうろう》より若《わか》く、梵天丸《ぼんてんまる》にとって、より年《とし》の近《ちか》い友《とも》となり、勇猛《ゆうもう》な家臣《かしん》となる者《もの》をつかえさせよう。」

輝宗《てるむね》がそう考《かんが》えて選《えら》んだ成実《しげざね》は、政宗《まさむね》の祖父《そふ》である晴宗《はるむね》の弟《おとうと》、伊達実元《だてさねもと》の子《こ》で、梵天《ぼんてん》丸《まる》よりひとつ年下《としした》だった。その性格《せいかく》は、幼《おさな》いころから大胆《だいたん》で、弓《ゆみ》、槍《やり》、刀《かたな》と武芸《ぶげい》を好《この》み、ゆくゆくは勇猛《ゆうもう》きわまりない武将《ぶしょう》となるだろうと、まわりからささやかれていた。

のちに成実《しげざね》は、戦場《せんじょう》において、巨大《きょだい》な毛虫《けむし》を兜《かぶと》の前立《まえだて》とした。――毛虫《けむし》はけっして後戻《あともど》りしない。いくさ場《ば》にのぞんでは、どんなときでもしりぞかず、ひたすら前進《ぜんしん》するのだ。

そうした意味《いみ》を持《も》つ毛虫《けむし》の兜《かぶと》をつけ、一歩《いっぽ》もしりぞくことなく、戦場《せんじょう》を駆《か》けまわり、成《しげ》実《ざね》は伊達家《だてけ》でもっとも勇猛《ゆうもう》な武将《ぶしょう》となっていった。

第六章《だいろくしょう》　元服《げんぷく》し、結婚《けっこん》する

天正五年《てんしょうねん》（一五七七年《ねん》）、十一月十五日《がつじゅうごにち》。梵天丸《ぼんてんまる》は十一歳《さい》で、元服《げんぷく》した。それまで垂《た》らしていた前髪《まえがみ》を切《き》り、後《うし》ろで引《ひ》き結《むす》んだ。梵天丸《ぼんてんまる》の前髪《まえがみ》を切《き》ったのは、小十郎《こじゅうろう》だった。

「梵天丸《ぼんてんまる》よ、これより、藤次郎政宗《とうじろうまさむね》と名《な》のるがよい。」

輝宗《てるむね》は、おごそかな口調《くちょう》で言《い》った。

「はっ。」

伊達藤次郎政宗《だてとうじろうまさむね》か。良《よ》い名《な》だ。梵天丸《ぼんてんまる》はうれしかった。

政宗《まさむね》という名《な》は、伊達家《だてけ》にとって特別《とくべつ》な名《な》だった。伊達家《だてけ》九代《だい》めの政宗《まさむね》は、まわりの豪《ごう》族《ぞく》をつぎつぎとしたがえ、伊達家《だてけ》を大《おお》きく発展《はってん》・成長《せいちょう》させた「中興《ちゅうこう》の祖《そ》」だったからだ。

この名《な》を、輝宗《てるむね》が梵天丸《ぼんてんまる》にあたえたのには、深《ふか》いわけがあった。

「竺丸《じくまる》や、竺丸《じくまる》や。」と、義姫《よしひめ》はあいかわらず竺丸《じくまる》ばかりをかわいがり、できるなら伊達《だて》家《け》のあとつぎに、と願《ねが》うまでになっていた。家臣《かしん》のなかにも、「竺丸《じくまる》さまは、あとつぎに

ふさわしい優美《ゆうび》なお姿《すがた》だ。」と、同調《どうちょう》する者《もの》たちがいた。

このままでは伊達家《だてけ》がふたつに分《わ》かれてしまう。それをおさえるため、あとつぎとしての政宗《まさむね》の地位《ちい》をきずいておこう。輝宗《てるむね》はそう考《かんが》えたのである。

元服《げんぷく》させたら、次《つぎ》は嫁《よめ》をとらせよう。

政宗《まさむね》のあとつぎとしての立場《たちば》をかためるため、輝宗《てるむね》は、嫁選《よめえら》びを始《はじ》めた。そして、三春《みはる》城主《じょうしゅ》の田村清顕《たむらきよあき》のひとりむすめで、政宗《まさむね》よりひとつ年下《としした》の愛姫《めごひめ》を、政宗《まさむね》の正室《せいしつ》（妻《つま》）にむかえることに決《き》めた。その嫁《よめ》とりには、輝宗《てるむね》の深《ふか》い考《かんが》えがあった。

「いずれ、奥羽《おうう》の支配《しはい》をめぐって、伊達《だて》は、会津黒川城《あいづくろかわじょう》の蘆名《あしな》と戦《たたか》うことになろう。そのときは田村《たむら》と組《く》んで、蘆名《あしな》を攻《せ》めよう。」

さらに輝宗《てるむね》は、伊達家《だてけ》にとっての将来《しょうらい》を考《かんが》え、ていねいな書状《しょじょう》とともに、籠《かご》に入《い》れた薄紅色《うすべにいろ》の鷹《たか》を、織田信長《おだのぶなが》に献上《けんじょう》した。

信長《のぶなが》が鷹狩《たかが》りを好《この》むことを知《し》り、輝宗《てるむね》は、さっそく贈《おく》り物《もの》をしたのだ。

そのころ信長《のぶなが》は、天下人《てんかびと》にいっそう近《ちか》づいていた。

永禄《えいろく》十一年《ねん》（一五六八年《ねん》）に、京《きょう》へのぼって、足利義昭《あしかがよしあき》を将軍《しょうぐん》につけた信長《のぶなが》は、その二年後《ねんご》の元亀元年《げんきがんねん》（一五七〇年《ねん》）に北近江《きたおうみ》（滋賀県北部《しがけんほくぶ》）の浅井長政《あざいながまさ》と越前《えちぜん》（福井県北東部《ふくいけんほくとうぶ》）の朝倉義景《あさくらよしかげ》を打《う》ち破《やぶ》り、さらにその一年後《ねんご》の元亀《げんき》二年《ねん》（一五七一年《ねん》）に、比叡山延暦寺《ひえいざんえんりゃくじ》を焼《や》き打《う》ちした。強敵《きょうてき》だった武田信玄《たけだしんげん》が死《し》んだあと、天正《てんしょう》三年《ねん》（一五七五年《ねん》）には、足《あし》利義昭《かがよしあき》を追《お》いはらって、足利幕府《あしかがばくふ》をほろぼし、さらに長篠《ながしの》の戦《たたか》いで、甲斐《かい》の武田勝頼《たけだかつより》のひきいる騎馬隊《きばたい》を、三千挺《ちょう》の鉄砲《てっぽう》で殲滅《せんめつ》させた。

武力《ぶりょく》で天下《てんか》をさだめる「天下布武《てんかふぶ》」を宣言《せんげん》し、壮麗《そうれい》な安土城《あづちじょう》をきずき、右大臣《うだいじん》となった信長《のぶなが》の勢《いきお》いはとまらない。そして上杉謙信《うえすぎけんしん》が死《し》んだあとは、越後《えちご》を警戒《けいかい》する必要《ひつよう》がなくなったので、中国地方《ちゅうごくちほう》にも手《て》を延《の》ばした。奥羽《おうう》より西《にし》の地《ち》は、四国《しこく》、九州《きゅうしゅう》をのぞいて、すべて信長《のぶなが》の支配《しはい》がおよぼうとしていた。

「だが、奥羽《おうう》の地《ち》には、まだ信長《のぶなが》の手《て》がおよんでいない。そのうちに、政宗《まさむね》が、天下取《てんかと》りに出陣《しゅつじん》する。そのときのために信長《のぶなが》とは、良好《りょうこう》な仲《なか》にしておいたほうがよい……。」

輝宗《てるむね》はそう考《かんが》え、信長《のぶなが》にできるだけ接近《せっきん》しておこうとしたのである。

冬《ふゆ》のある日《ひ》、輝宗《てるむね》は政宗《まさむね》を呼《よ》んだ。

「わしは、田村《たむら》の愛姫《めごひめ》を、そなたの妻《つま》に申《もう》し受《う》けようと思《おも》っている。どうだ、政宗《まさむね》。」

まだ早《はや》いような気《き》がしたが、政宗《まさむね》はうなずいた。

「はい。政宗《まさむね》はなにごとも父上《ちちうえ》のおことばにしたがいます。」

愛姫《めごひめ》は「めんこい姫《ひめ》ぎみ」という名《な》が意味《いみ》するとおり、輝《かがや》くばかりの愛《あい》らしさで、ひろく知《し》られていた。政宗《まさむね》も、愛姫《めごひめ》のうわさは聞《き》いていて、そのように愛《あい》らしい姫《ひめ》を、もらってもよいのだろうかと、心《こころ》のどこかで、気《き》おくれしていた。

天正《てんしょう》七年《ねん》（一五七九年《ねん》）、十二月《がつ》のなかば、雪《ゆき》のふりしきるなか、愛姫《めごひめ》は籠《かご》にのり、田《た》村家《むらけ》からやってきた。ひとつ年下《としした》の花嫁《はなよめ》をちらりと見《み》て、政宗《まさむね》はそっと喜多《きた》にもらした。

「喜多《きた》。愛姫《めごひめ》は美《うつく》しすぎる。わたしのような者《もの》がもらってもよいのだろうか。」

喜多《きた》は政宗《まさむね》をしかった。

「お気《き》の弱《よわ》いことを。若君《わかぎみ》は名門《めいもん》伊達家《だてけ》のあとつぎ、田村家《たむらけ》の愛姫《めごひめ》さまにとっては、まことにふさわしいお相手《あいて》でございます。」

第《だい》七章《しょう》　初陣《ういじん》の時《とき》

天正《てんしょう》九年《ねん》（一五八一年《ねん》）、政宗《まさむね》は、背《せ》たけもぐんと伸《の》び、槍《やり》、弓矢《ゆみや》、刀《かたな》と武術全般《ぶじゅつぜんぱん》にすぐれた、りりしい十五歳《さい》の若武者《わかむしゃ》となっていた。

「政宗《まさむね》、そなたの初陣《ういじん》の時《とき》が来《き》た。父《ちち》といくさに出《で》るぞ。」

輝宗《てるむね》のことばに、政宗《まさむね》は顔《かお》をかがやかせた。

「はっ。政宗《まさむね》、よろこんで初陣《ういじん》をはたします。」その日《ひ》をいまか、いまかと願《ねが》っていた政《まさ》宗《むね》は声《こえ》をはずませた。「父上《ちちうえ》にほめていただけるよう、かならず、手《て》がらを立《た》てて見《み》せます。」

政宗《まさむね》のことばに、輝宗《てるむね》はうなずいた。

「相手《あいて》は、東《ひがし》の国境《くにざかい》に接《せっ》している相馬義胤《そうまよしたね》だ。相馬《そうま》は、伊達《だて》の親戚《しんせき》なのに、われらの領土《りょうど》だった城《しろ》をうばいとっている。いまこそ、うばいかえすときだ。」輝宗《てるむね》は言《い》った。「これまでわたしが相馬《そうま》とのいくさをさけてきたのは、山形城《やまがたじょう》の最上《もがみ》と、黒川城《くろかわじょう》の蘆名《あしな》が、すきあらば伊達領《だてりょう》に攻《せ》め入《い》ろうとしていたからだ。しかし、昨年《さくねん》、最上義守《もがみよしもり》と蘆名盛氏《あしなもりうじ》があいついで死《し》んだ。もはや、邪魔《じゃま》されずに、相馬《そうま》を討《う》てる。」

「はい、父上《ちちうえ》。」

政宗《まさむね》の胸《むね》は高鳴《たかな》った。待《ま》ちに待《ま》った時《とき》が来《き》た。これまで鍛錬《たんれん》してきた武芸《ぶげい》と学《まな》んできた兵法《へいほう》が生《い》かせるのだ。

「よく聞《き》け、政宗《まさむね》。」輝宗《てるむね》は言《い》った。「奥羽《おうう》の名門《めいもん》だからと、伊達家《だてけ》も安心《あんしん》していてはならないのだ。武田信玄《たけだしんげん》と上杉謙信《うえすぎけんしん》が死《し》んだいま、織田信長《おだのぶなが》が、奥羽《おうう》よりも西《にし》の地《ち》をすべて征《せい》服《ふく》しようとしている。まだ、そうたやすくはいかないだろうが、いつの日《ひ》か、信長《のぶなが》は西《にし》の地《ち》を平定《へいてい》するにちがいない。それを終《お》えたら、奥羽《おうう》に目《め》を向《む》けるだろう。そのとき伊達《だて》は、信長《のぶなが》に屈《くつ》することのない強《つよ》さと領土《りょうど》を持《も》っていなければならないのだ。」

「はい、父上《ちちうえ》。」政宗《まさむね》はうなずいた。「政宗《まさむね》も、信長《のぶなが》に負《ま》けないような、強《つよ》い武将《ぶしょう》になってみせます。」

「うむ。」輝宗《てるむね》は言《い》った。「その意気《いき》だ、政宗《まさむね》。」

政宗《まさむね》にとっても、あこがれの武将《ぶしょう》は、織田信長《おだのぶなが》だった。

(信長《のぶなが》は、いま四十八歳《さい》。わたしは十五歳《さい》。あと三十年後《ねんご》には、わたしも信長《のぶなが》のように、天下《てんか》をうかがう武将《ぶしょう》となるぞ。)

政宗《まさむね》は、心《こころ》の中《なか》で、強《つよ》く決意《けつい》した。


政宗《まさむね》の出陣《しゅつじん》を祝《いわ》うように、その日《ひ》は五月晴《さつきば》れだった。

細《ほそ》く長《なが》い、美《うつく》しい金色《こんじき》の三日月《みかづき》をつけた兜《かぶと》をかぶり、真紅《しんく》の革《かわ》ひもで編《あ》んだ緋縅《ひおどし》のよろいを着《き》て、十五歳《さい》の政宗《まさむね》は、父《ちち》の輝宗《てるむね》とともに出陣《しゅつじん》した。

「たのもしいお姿《すがた》。」

十四歳《さい》の愛姫《めごひめ》は、出陣《しゅつじん》する政宗《まさむね》の自信《じしん》にみちた姿《すがた》を見《み》て、たのもしく思《おも》った。

相馬《そうま》の敵陣《てきじん》に向《む》かって、槍《やり》をふりかざし、馬《うま》を走《はし》らせる、政宗《まさむね》の戦《たたか》いぶりは、初陣《ういじん》の若《わか》武者《むしゃ》とは思《おも》えないほど、雄々《おお》しく、勇《いさ》ましかった。

「あっぱれな武者《むしゃ》ぶり。」

家臣《かしん》たちは、若《わか》い政宗《まさむね》の武勇《ぶゆう》をほめたたえた。

しかし、この年《とし》の相馬《そうま》との戦《たたか》いは、決着《けっちゃく》がつかなかった。

天正十年《てんしょうねん》（一五八二年《ねん》）の四月《がつ》、政宗《まさむね》は、ふたたび父《ちち》とともに出陣《しゅつじん》し、相馬《そうま》と戦《たたか》った。ところが、戦《たたか》いの続《つづ》くさなか、おどろくべき知《し》らせが届《とど》いた。

——信長《のぶなが》、死《し》す。

天下取《てんかと》りの道《みち》なかばで、織田信長《おだのぶなが》が、六月二日《がつふつか》、家臣《かしん》の明智光秀《あけちみつひで》のむほんにより、京《きょう》の本能寺《ほんのうじ》で死《し》んだというのだ。

「あの信長《のぶなが》が……。」

政宗《まさむね》はぼうぜんとなった。目標《もくひょう》としていた織田信長《おだのぶなが》がこの世《よ》からいなくなったのだ。

「無敵《むてき》と思《おも》われた、あの強大《きょうだい》な信長公《のぶながこう》が、家臣《かしん》のむほんで倒《たお》れるとは。まさに、武将《ぶしょう》の運命《めい》はわからないものだ。これで天下統一《てんかとういつ》は、しばらく遠《とお》のいたか……。」

信長《のぶなが》の天下取《てんかと》りを予見《よけん》していた輝宗《てるむね》は、空《そら》を見上《みあ》げ、つぶやいた。

相馬《そうま》との戦《たたか》いが続《つづ》くなか、さらに、おどろくべき知《し》らせが届《とど》いた。明智光秀《あけちみつひで》が、本能寺《ほんのうじ》の変《へん》の十一日後《にちご》の六月十三日《がつにち》、敗走《はいそう》したというのだ。信長《のぶなが》の家臣《かしん》で、中国地方《ちゅうごくちほう》の毛利《もうり》と戦《たたか》っていた羽柴秀吉《はしばひでよし》が、信《しん》じられない速《はや》さでとって返《かえ》し、山城国《やましろのくに》(京都府南部《きょうとふなんぶ》)・山崎《やまざき》の地《ち》で、光秀《みつひで》を討《う》ち破《やぶ》ったのだ。

「信長《のぶなが》がいなくなったいま、天下《てんか》はどう動《うご》くのでしょう?」

政宗《まさむね》は輝宗《てるむね》にたずねた。

「さて、信長《のぶなが》のあとをついで、天下《てんか》を統一《とういつ》しようとするのは、だれなのか……。」

輝宗《てるむね》は考《かんが》え、考《かんが》え、つぶやいた。

「聞《き》くところ、信長《のぶなが》の子《こ》たちには、天下《てんか》を取《と》るだけの器量《きりょう》はないだろう。」

「では、だれが?」

政宗《まさむね》の問《と》いに、輝宗《てるむね》は腕組《うでぐ》みをした。

「さて、だれであろうか。明智光秀《あけちみつひで》を倒《たお》した、羽柴秀吉《はしばひでよし》か。それとも、織田家《おだけ》の筆頭家老《ひっとうがろう》、柴田勝家《しばたかついえ》か。あるいは、信長《のぶなが》と同盟《どうめい》していた三河《みかわ》の徳川家康《とくがわいえやす》か。いずれにせよ、われこそは天下《てんか》を取《と》るぞと、名《な》だたる武将《ぶしょう》たちの、新《あら》たな戦《たたか》いが始《はじ》まるだろう……。」

輝宗《てるむね》のことばを聞《き》きながら、十六歳《さい》の政宗《まさむね》は思《おも》った。

(伊達家《だてけ》も、ぐずぐずしてはいられない。天下取《てんかと》りがさだまる前《まえ》に、奥羽《おうう》の地《ち》をひとつにまとめるだけの力《ちから》を、伊達家《だてけ》も、持《も》たねばならない……。）

第八章《だいはっしょう》　伊達家《だてけ》をつぐ

天正十一年《てんしょうじゅういちねん》（一五八三年《ねん》）二月《がつ》、政宗《まさむね》は父《ちち》とともに、相馬《そうま》にうばわれていた城《しろ》を攻《せ》めた。十七歳《さい》の政宗《まさむね》の戦《たたか》いぶりは、おそれを知《し》らず、大胆《だいたん》だった。

軍議《ぐんぎ》の場《ば》では、より慎重《しんちょう》に、より安全《あんぜん》に攻《せ》めようとする輝宗《てるむね》に対《たい》して、政宗《まさむね》は、あくまでも強気《つよき》で攻《せ》めぬく作戦《さくせん》を主張《しゅちょう》した。その結果《けっか》、政宗《まさむね》の強気《つよき》の攻《せ》めが功《こう》を奏《そう》し、城《しろ》をうばいかえした。

輝宗《てるむね》は、政宗《まさむね》のあざやかな戦《たたか》いぶりに感心《かんしん》した。

「これなら、伊達《だて》のあとをつがせられる。」

天正十二年《てんしょうじゅうにねん》（一五八四年《ねん》）の五月《がつ》、伊達輝宗《だててるむね》は、三年《ねん》にわたって戦《たたか》ってきた相馬義胤《そうまよしたね》と、和睦《わぼく》した。

その年《とし》の十月《がつ》。十八歳《さい》の政宗《まさむね》は、輝宗《てるむね》に呼《よ》ばれた。

「政宗《まさむね》よ。わたしは隠居《いんきょ》することにした。あとはそなたにまかせる。」

その突然《とつぜん》のことばに、政宗《まさむね》はおどろいた。

「父上《ちちうえ》、それは早《はや》すぎます。わたしは十八の若輩者《じゃくはいもの》。当主《とうしゅ》になるには荷《に》が重《おも》すぎます。」

「もう決《き》めたのだ。」輝宗《てるむね》は首《くび》をふった。「わたしは米沢城《よねざわじょう》を離《はな》れる。そのときに、お義《よし》も竺丸《じくまる》も連《つ》れていく。」

それから、輝宗《てるむね》は政宗《まさむね》を見《み》つめて、しみじみと言《い》った。

「政宗《まさむね》。そなたは、いくさにあまり向《む》いていないわたしよりも、心《こころ》が強《つよ》く、いくさにも強《つよ》い。小十郎《こじゅうろう》という知恵者《ちえしゃ》がそばにいて、成実《しげざね》という豪勇《ごうゆう》の者《もの》もそばにいる。西《にし》の大名《だいみょう》に負《ま》けない、強《つよ》い伊達家《だてけ》のためには、そなたこそが、米沢城《よねざわじょう》のあるじとなるべきなのだ。」

政宗《まさむね》がためらっていると、輝宗《てるむね》は言《い》った。

「たのむぞ、政宗《まさむね》。伊達家《だてけ》が奥羽《おうう》をひとつにまとめるという、わたしの夢《ゆめ》をかなえてくれ。」

「わかりました。」政宗《まさむね》はひれ伏《ふ》した。「政宗《まさむね》、父上《ちちうえ》のあとをつぐことができますよう、精進《しょうじん》いたします。」

四十一歳《さい》の働《はたら》きざかりで、輝宗《てるむね》が隠居《いんきょ》を決意《けつい》したのは、もうひとつの理由《りゆう》があった。竺《じく》丸《まる》をあとつぎにという動《うご》きが家中《かちゅう》にあったのだ。これには、義姫《よしひめ》の実家《じっか》、山形城《やまがたじょう》の最上義《もがみよし》光《あき》の後押《あとお》しがあった。このままだと、伊達家《だてけ》が政宗派《まさむねは》と竺丸派《じくまるは》に割《わ》れてしまう。それをいことに山形《やまがた》の最上《もがみ》はもちろんのこと、会津《あいづ》の蘆名《あしな》も攻《せ》めこんでくるだろう。そうした事《じ》態《たい》をさけようと、輝宗《てるむね》は決断《けつだん》したのだ。

「みなの者《もの》、わたしは隠居《いんきょ》し、政宗《まさむね》に家督《かとく》をゆずる。」

おもだった家臣《かしん》を集《あつ》めると、輝宗《てるむね》は宣言《せんげん》した。

「なにをおっしゃるのですか。殿《との》はまだ四十一歳《さい》。隠居《いんきょ》なさるのは早《はや》すぎますぞ。」

家臣《かしん》たちは止《と》めたが、輝宗《てるむね》の決意《けつい》はゆるがなかった。早《はや》めにあとつぎを決《き》めたのには、さらに、もうひとつの理由《りゆう》があった。伊達家《だてけ》では、父子《ふし》の争《あらそ》いが二代《だい》にわたって続《つづ》いていた。十六代輝宗《だいてるむね》と十五代晴宗《だいはるむね》。晴宗《はるむね》と十四代稙宗《だいたねむね》。父子《ふし》の代替《だいが》わりがうまくいかず、争《あらそ》いがくりひろげられてきた。それをさけるためにも、輝宗《てるむね》は隠居《いんきょ》することにしたのだ。

「ええい。なんと、口惜《くちお》しい。」

米沢城《よねざわじょう》を出《で》ていくことになった義姫《よしひめ》は怒《おこ》って、おつきの侍女《じじょ》たちにやつあたりした。

「あとつぎには、竺丸《じくまる》もいるではないか。それを、はやばやと政宗《まさむね》に決《き》めてしまうとは。そのうえ、わたくしたちも城《しろ》から出《で》なくてはならないとは。」

政宗《まさむね》が正式《せいしき》にあとつぎになり、輝宗《てるむね》が竺丸《じくまる》を連《つ》れて米沢城《よねざわじょう》を出《で》て行《い》ったことで、家臣《かしん》たちの争《あらそ》いもいちおう静《しず》まったかに見《み》えた。

第《だい》九章《しょう》　すべて、斬《き》り捨《す》てよ

若《わか》い政宗《まさむね》が伊達家《だてけ》をついだことを祝《いわ》うため、まわりの城主《じょうしゅ》や武将《ぶしょう》たちがあいついで米沢《よねざわ》城《じょう》にやってきた。

「若君《わかぎみ》が伊達家《だてけ》をつがれたこと、まことにめでたく思《おも》われます。」

多《おお》くの来訪者《らいほうしゃ》のひとりに、仙道筋《せんどうすじ》（福島県中通《ふくしまけんなかどお》り）に位置《いち》する小浜城主《おばまじょうしゅ》の大内定綱《おおうちさだつな》がいた。この仙道筋《せんどうすじ》には、二本松城《にほんまつじょう》の畠山氏《はたけやまし》、三春城《みはるじょう》の田村氏《たむらし》、須賀川城《すかがわじょう》の二階堂氏《にかいどうし》など、小《しょう》大名《だいみょう》がひしめきあっていた。彼《かれ》らは、米沢《よねざわ》の伊達氏《だてし》、会津《あいづ》の蘆名氏《あしなし》、常陸《ひたち》（茨城県《いばらきけん》）の佐《さ》竹氏《たけし》という三大勢力《だいせいりょく》をたよって、生《い》きのびていた。

大内定綱《おおうちさだつな》も、あるときは伊達家《だてけ》をたよったり、またあるときは会津《あいづ》の蘆名家《あしなけ》にしたがったり、常陸《ひたち》の佐竹家《さたけけ》についたりと、そのつど有力《ゆうりょく》な大名《だいみょう》にすりよって、しぶとく生《い》き抜《ぬ》いてきた小大名《しょうだいみょう》だった。

「おめでとうございます。」そして、定綱《さだつな》は意外《いがい》なことを政宗《まさむね》に言《い》った。「われら大内家《おおうちけ》は、これより伊達《だて》さまのもとで働《はたら》きたいと考《かんが》えております。」

「それは、まことか？」

政宗《まさむね》がたずねると、定綱《さだつな》は神妙《しんみょう》な声《こえ》で言《い》った。

「これからは米沢《よねざわ》に居《きょ》を移《うつ》して、伊達家《だてけ》に奉公《ほうこう》いたします。」

相馬《そうま》との対決《たいけつ》にひとくぎりがついたので、このとき政宗《まさむね》は、いよいよ南奥羽《みなみおうう》をまとめて攻《せ》めるときだと考《かんが》えていた。そのためには、まず小大名《しょうだいみょう》がひしめく仙道筋《せんどうすじ》を制《せい》する必要《ひつよう》があった。

「ここを制《せい》すれば、天下《てんか》への道《みち》がひらける。」

そう考《かんが》えていた政宗《まさむね》には、定綱《さだつな》の申《もう》し出《で》は、ありがたかった。

「殿《との》、いい具合《ぐあい》になりましたな。」小十郎《こじゅうろう》は言《い》った。「定綱《さだつな》の支配《しはい》する小浜《おばま》・塩松《しおのまつ》は、仙道《せんどう》筋《すじ》のかなめの地《ち》にあります。」

伊達成実《だてしげざね》もうなずいて、言《い》った。

「さっそく三春城《みはるじょう》の田村清顕《たむらきよあき》どのと手《て》をたずさえ、南奥羽《みなみおうう》を根《ね》こそぎ攻《せ》め取《と》りましょう。」

「うむ。」政宗《まさむね》はうなずいた。「大内《おおうち》が、わが伊達家《だてけ》のもとに来《く》るのなら、受《う》け入《い》れよう。」

しかし、伊達家《だてけ》の家臣《かしん》たちのなかには、大内定綱《おおうちさだつな》をうたがう者《もの》たちがいた。

「あやつは、信用《しんよう》できない。」

「殿《との》はだまされている。」

政宗《まさむね》はそうした意見《いけん》を押《お》し切《き》って、定綱《さだつな》を受《う》け入《い》れ、米沢城下《よねざわじょうか》に屋敷《やしき》をあたえた。たしかに癖《くせ》のある武将《ぶしょう》ではあるが、しぶとい力《ちから》を持《も》つ大内定綱《おおうちさだつな》と、愛姫《めごひめ》の父《ちち》である田村清顕《たむらきよあき》を押《お》し立《た》て、仙道筋《せんどうすじ》の小大名《しょうだいみょう》たちの領土《りょうど》を、一気《いっき》に攻《せ》め取《と》ろう。そう考《かんが》えたからだった。

定綱《さだつな》はしばらく伊達家《だてけ》の家臣《かしん》としてふるまっていたが、あくる天正《てんしょう》十三年《ねん》（一五八五年《ねん》）、政宗《まさむね》に言《い》った。

「殿《との》。ひとまず小浜《おばま》にもどり、用事《ようじ》をすませたのち、妻子《さいし》を連《つ》れてもどってまいります。」

定綱《さだつな》のことばを、政宗《まさむね》はうたがわなかった。

「うむ。そうするがよい。」

しかし、定綱《さだつな》は米沢城《よねざわじょう》にもどらなかった。そればかりか、会津《あいづ》の蘆名家《あしなけ》とよしみを通《つう》じて、伊達家《だてけ》に対《たい》して、はっきりとさからう姿勢《しせい》を見《み》せた。

「うぬ、定綱《さだつな》め。」政宗《まさむね》は激怒《げきど》した。「あやつ、これからは伊達家《だてけ》につかえますなどと言《い》って、わたしをだましたな。」


その年《とし》の夏《なつ》、武将《ぶしょう》たちを集《あつ》め、十九歳《さい》の政宗《まさむね》は言《い》いわたした。

「みなの者《もの》、これより蘆名《あしな》を討《う》つ。」

家臣《かしん》たちはおどろいた。

「殿《との》。討《う》つのは、小浜城《おばまじょう》の大内《おおうち》ではないのですか？」

政宗《まさむね》は首《くび》をふって言《い》った。

「いや、大内《おおうち》ではない。蘆名《あしな》だ。いま小浜城《おばまじょう》の大内《おおうち》を攻《せ》めれば、かならず蘆名《あしな》が援軍《えんぐん》をよこすだろう。そうなる前《まえ》に、蘆名《あしな》をたたく。それから大内《おおうち》を攻《せ》めつぶすのだ。」

老臣《ろうしん》たちは反対《はんたい》した。

「蘆名《あしな》は、名《な》だたる強豪《きょうごう》ですぞ。」

しかし、政宗《まさむね》には、自信《じしん》があった。会津《あいづ》の名家《めいか》、蘆名家《あしなけ》の内情《ないじょう》がゆれているのを、黒《くろ》はばき組《ぐみ》の忍《しの》びが知《し》らせてきたのだ。十八代城主《だいじょうしゅ》となった蘆名盛隆《あしなもりたか》が家臣《かしん》によって殺《ころ》され、あとつぎとなったのは、まだ生《う》まれたばかりの赤《あか》んぼうの亀王丸《かめおうまる》だった。

「いまの蘆名《あしな》は、動揺《どうよう》している。いまが攻《せ》め時《どき》だ。」

蘆名《あしな》を攻《せ》めるため、政宗《まさむね》は、まず手近《てぢか》の猪苗代城《いなわしろじょう》を攻《せ》めた。しかし、猪苗代城《いなわしろじょう》がすぐに落《お》ちないと知《し》ると、いったん米沢城《よねざわじょう》へもどった。そして、ふたたび会津《あいづ》攻《ぜ》めをうかがっていると、忍《しの》びから、知《し》らせが届《とど》いた。

「なに、秀吉《ひでよし》が、関白《かんぱく》に？」

明智光秀《あけちみつひで》を討《う》った秀吉《ひでよし》が、つぎつぎと敵《てき》を倒《たお》して、ちゃくちゃくと勢力《せいりょく》を伸《の》ばしているという知《し》らせは、政宗《まさむね》のもとに届《とど》いていた。

「賤ケ岳《しずがたけ》の戦《たたか》い」で、織田家《おだけ》の重臣《じゅうしん》だった柴田勝家《しばたかついえ》を倒《たお》し、「小牧《こまき》・長久手《ながくて》の戦《たたか》い」で、徳川家康《とくがわいえやす》と和睦《わぼく》し、土佐《とさ》(高知県《こうちけん》)の長宗我部元親《ちょうそかべもとちか》を討《う》ちはたしたあと、秀吉《ひでよし》が、「右大臣《うだいじん》」だった信長《のぶなが》をもしのぐ、「関白《かんぱく》」の地位《ちい》に、のぼりつめたというのだ。

「織田家《おだけ》を乗《の》っ取《と》った秀吉《ひでよし》は、信長公《のぶながこう》をついに超《こ》えましたな。」小十郎《こじゅうろう》が言《い》った。「関白《かんぱく》になった秀吉《ひでよし》は、九州《きゅうしゅう》を平定《へいてい》したら、次《つぎ》は奥羽《おうう》に兵《へい》を向《む》けるでしょう。」

政宗《まさむね》は、うなずいた。

「そうだ、小十郎《こじゅうろう》。秀吉《ひでよし》が来《く》る前《まえ》に、急《いそ》いで奥羽《おうう》の地《ち》を、伊達《だて》のものにしてしまわねばならない。もはや一日《いちにち》も、おろそかにはできないぞ。」

「まずは、小浜城《おばまじょう》の大内《おおうち》ですな。」

小十郎《こじゅうろう》のことばに、政宗《まさむね》はうなずいた。

「うむ、定綱《さだつな》を討《う》つ。」


政宗《まさむね》は、五千の兵《へい》をひきいて、小浜城《おばまじょう》に向《む》かった。

「こしゃくな、伊達《だて》の若造《わかぞう》め。」

定綱《さだつな》は、小浜城《おばまじょう》よりも守《まも》りやすいと、小手森城《おてもりじょう》に入《はい》った。三千の兵《へい》で城《しろ》にこもり、まわりの大名《だいみょう》や豪族《ごうぞく》たちに、助《たす》けをもとめた。

「伊達《だて》とのいくさに、援軍《えんぐん》をたのみます。」

それに応《おう》じて、会津《あいづ》の蘆名《あしな》だけでなく、常陸《ひたち》の佐竹《さたけ》、さらには南奥羽《みなみおうう》の豪族《ごうぞく》たちが、反《はん》伊達《だて》の兵《へい》をあげた。その数《かず》は一気《いっき》にふくらんで、二万《まん》三千にも達《たっ》した。

「なんと、蘆名《あしな》ばかりか、佐竹《さたけ》までもが、敵《てき》に加《くわ》わったのか。」

伊達《だて》の家臣《かしん》が動揺《どうよう》するなか、十八歳《さい》の伊達成実《だてしげざね》が胸《むね》をはって、豪語《ごうご》した。

「なに、おそれることはない。数《かず》がいかに多《おお》くとも、敵《てき》は寄《よ》せ集《あつ》めだ。このおれにまかせておけ！」

成実《しげざね》は五百の手勢《てぜい》をひきいて、小手森城《おてもりじょう》と、やってくる援軍《えんぐん》のあいだに、陣《じん》をしいた。

「さあ、来《く》るなら来《こ》い。おれが相手《あいて》になってやる。」

しかし、成実《しげざね》がどれほど剛腕《ごうわん》の武将《ぶしょう》でも、蘆名《あしな》・佐竹《さたけ》らの連合軍《れんごうぐん》がおそってきたら、わずか五百の兵《へい》では、全滅《ぜんめつ》させられるおそれがあった。

「成実《しげざね》を、むざむざ敵《てき》に討《う》たせてはならない。」

政宗《まさむね》は小十郎《こじゅうろう》に命《めい》じた。

「わかりました。」

小十郎《こじゅうろう》ら、伊達《だて》の精鋭《せいえい》が、鉄砲《てっぽう》をずらりとそろえて、成実軍《しげざねぐん》の左右《さゆう》に、陣《じん》を張《は》った。そのために、蘆名《あしな》らの援軍《えんぐん》は進攻《しんこう》をはばまれ、小手森城《おてもりじょう》は孤立《こりつ》した。

「来《こ》ないのか、援軍《えんぐん》は。」

あせった定綱《さだつな》は、小手森城《おてもりじょう》に兵《へい》を残《のこ》したまま、小浜城《おばまじょう》へ逃《に》げていった。

「定綱《さだつな》め、ひきょうにも、逃《に》げたか。」

怒《おこ》った政宗《まさむね》は、小手森城《おてもりじょう》を取《と》り囲《かこ》んだ。

「攻《せ》めよ、攻《せ》めよ！　一兵《いっぺい》も逃《に》がすな！」

政宗《まさむね》の下知《げじ》（命令《めいれい》）で、鉄砲隊《てっぽうたい》がいっせいに火《ひ》を噴《ふ》いた。そのすさまじさに、小手森城《おてもりじょう》にたてこもっていた大内《おおうち》の家臣《かしん》は降伏《こうふく》しようとした。だが、政宗《まさむね》はゆるさなかった。

「降伏《こうふく》はさせない。城《しろ》に残《のこ》っている者《もの》たちは、ひとりのこらず、斬《き》り捨《す》てよ。」

この命令《めいれい》により、城内《じょうない》の者《もの》たちは、男《おとこ》だけでなく、女子供《おんなこども》もふくめて八百名《めい》、すべて斬《き》り殺《ころ》されてしまった。

奥羽《おうう》のいくさは、相手《あいて》を攻《せ》めつぶさないで、ころあいをみはからい、降伏《こうふく》したり、和睦《わぼく》したりするのがふつうだった。しかし、政宗《まさむね》の小手森城攻《おてもりじょうぜ》めは、そうならなかった。まさしく織田信長《おだのぶなが》と同《おな》じ、「敵《てき》は皆殺《みなごろ》しにする。」という、容赦《ようしゃ》のない戦《たたか》い方《かた》となった。

「すぐに降伏《こうふく》だの、和睦《わぼく》だの、そんなことをくりかえしていて、親戚《しんせき》だらけの奥羽《おうう》がひとつにまとまるものか。信長《のぶなが》のように、圧倒的《あっとうてき》な強《つよ》さを見《み》せつけて、攻《せ》めほろぼすのだ。」

十九歳《さい》の政宗《まさむね》には、その思《おも》いがあった。

「なんと、皆殺《みなごろ》しにするとは……。政宗《まさむね》め、信長《のぶなが》のまねをしておるのか。」

定綱《さだつな》はふるえ、小浜城《おばまじょう》をこっそりぬけだし、会津《あいづ》の蘆名家《あしなけ》へ落《お》ちのびていった。

「政宗《まさむね》さまは強《つよ》い。二万《まん》三千の連合軍《れんごうぐん》を相手《あいて》にしても負《ま》けず、大内領《おおうちりょう》を攻《せ》め取《と》った。」

「輝宗《てるむね》さまよりも、いくさ上手《じょうず》だ。」

このときの戦《たたか》いにより、伊達《だて》の家臣《かしん》は、若《わか》い政宗《まさむね》をたのもしく思《おも》うようになった。

攻《せ》め取《と》った城《しろ》をみずからの居城《きょじょう》としていった信長《のぶなが》のように、政宗《まさむね》も、大内定綱《おおうちさだつな》の居城《きょじょう》だった小浜城《おばまじょう》へ入《はい》って、そこを本城《ほんじょう》とした。そして父《ちち》の輝宗《てるむね》は、小浜城《おばまじょう》に近《ちか》い宮森城《みやもりじょう》へ入《はい》った。

第《だい》十章《しょう》　輝宗《てるむね》の死《し》

――伊達《だて》のあとつぎ、政宗《まさむね》はおそろしい。

それが知《し》れわたると、二本松城主《にほんまつじょうしゅ》、畠山義継《はたけやまよしつぐ》はふるえあがった。

「伊達《だて》と戦《たたか》っても、勝《か》ちめはない。負《ま》ければ、小手森城《おてもりじょう》のように、皆殺《みなごろ》しにされる。」

天正《てんしょう》十三年《ねん》（一五八五年《ねん》）の十月六日《がつむいか》、畠山義継《はたけやまよしつぐ》は宮森城《みやもりじょう》の輝宗《てるむね》をおとずれ、降伏《こうふく》することを告《つ》げた。

「われら畠山《はたけやま》は、政宗《まさむね》さまにしたがいます。子《こ》を人質《ひとじち》として米沢城《よねざわじょう》にさし出《だ》し、二本松領《にほんまつりょう》を半分《はんぶん》さしあげます。どうか政宗《まさむね》さまに、取《と》りなしてください。」

しかし、輝宗《てるむね》は首《くび》をかしげた。

「人質《ひとじち》をさし出《だ》したうえ、畠山《はたけやま》の領土《りょうど》は、二本松《にほんまつ》を中心《ちゅうしん》とした五か村《そん》をのぞき、すべて伊達領《だてりょう》とする。そういう条件《じょうけん》なら、政宗《まさむね》も納得《なっとく》するだろう。」

義継《よしつぐ》は青《あお》ざめた。

「それでは、家臣《かしん》たちが暮《く》らしていけません。」

「ならば、仲立《なかだ》ちはできない。それがのめないのなら、いくさをするしかあるまい。」

たった五か村《そん》しか残《のこ》らないのか。畠山《はたけやま》の多《おお》くの家臣《かしん》は父祖《ふそ》の地《ち》を追《お》われてしまうことになる。しかし、なんとしても、伊達《だて》とのいくさはさけねばならない……。

義継《よしつぐ》はくちびるを噛《か》んだ。仕方《しかた》ない。ほろぼされるよりは、ましだ。こみあげる涙《なみだ》をこらえ、義継《よしつぐ》はひれ伏《ふ》して、輝宗《てるむね》の出《だ》した条件《じょうけん》をのんだ。

「信長《のぶなが》のように戦《たたか》い、勝《か》てば、すべて取《と》る。」と決《き》めていた政宗《まさむね》は、畠山《はたけやま》の領土《りょうど》は、二本《にほん》松城《まつじょう》をふくめ、すべて伊達領《だてりょう》とするつもりだった。

「父上《ちちうえ》、その話《はなし》には、乗《の》れません。」

「政宗《まさむね》よ、よく聞《き》け。」輝宗《てるむね》は強《つよ》い口調《くちょう》で言《い》った。「二本松《にほんまつ》は、天険《てんけん》の山城《やまじろ》。攻《せ》めるにむずかしく、簡単《かんたん》には落《お》とせない城《しろ》だ。それを畠山《はたけやま》のほうから、伊達《だて》にしたがい、領土《りょうど》も五か村《そん》でよいと、言《い》っている。ここは、のんでやれ。」

じゅんじゅんと説《と》く輝宗《てるむね》のことばに、政宗《まさむね》はため息《いき》をついた。父《ちち》のやり方《かた》は古《ふる》い。いくさの相手《あいて》にいちいち恩情《おんじょう》をかけていては、天下《てんか》はねらえない。しかし、父《ちち》の仲立《なかだ》ちをむげにすることも、できない……。

「わかりました。」政宗《まさむね》は折《お》れた。「父上《ちちうえ》に、したがいます。」

「わかってくれたか、政宗《まさむね》。」

輝宗《てるむね》は微笑《びしょう》した。むだな血《ち》を流《なが》さず、畠山《はたけやま》の大半《たいはん》の領土《りょうど》を伊達《だて》のものにできるのだ。政《まさ》宗《むね》も、よくぞ聞《き》き分《わ》けてくれた……。

十月八日《がつようか》。畠山義継《はたけやまよしつぐ》は五十人《にん》あまりの家臣《かしん》を連《つ》れ、宮森城《みやもりじょう》へやってきた。城門《じょうもん》の外《そと》に、供《とも》の家臣《かしん》たちを待《ま》たせ、家老《かろう》三人《にん》を連《つ》れて、城内《じょうない》に入《はい》った。

「このたびは、われらのために、お骨折《ほねお》りをいただき、ありがとうございました。」

義継《よしつぐ》は、輝宗《てるむね》に感謝《かんしゃ》のことばを述《の》べた。

「伊達《だて》と畠山《はたけやま》が争《あらそ》わずにすんだのは、なによりのこと。」輝宗《てるむね》はにこやかに言《い》った。「外《そと》まで、お見送《みおく》りしよう。」

輝宗《てるむね》は、義継一行《よしつぐいっこう》を見送《みおく》ろうとした。ところが、城門《じょうもん》へ向《む》かうとちゅう、家老《かろう》が義継《よしつぐ》に耳打《みみう》ちした。とたん、義継《よしつぐ》は輝宗《てるむね》の胸《むな》ぐらをつかんだ。脇差《わきざし》をぬいて、輝宗《てるむね》ののどもとにあてがった。

「仲立《なかだ》ちをするふりをして、わしを討《う》とうとしているのか？」

それは義継《よしつぐ》と家老《かろう》が仕組《しく》んだ罠《わな》だった。輝宗《てるむね》さえ人質《ひとじち》にとれば、畠山《はたけやま》を攻《せ》めることはできまいと考《かんが》えたのだ。

「馬鹿《ばか》な。」輝宗《てるむね》はあらがった。「そのような、ひきょうなことを、わたしがするものか。」

義継《よしつぐ》は、よし、うまくいったぞと、輝宗《てるむね》の首《くび》に刃《やいば》をつきつけ、引《ひ》きずっていった。城門《じょうもん》の外《そと》へ出《で》ると、輝宗《てるむね》を強引《ごういん》に馬《うま》に乗《の》せた。後《うし》ろには、万一《まんいち》の場合《ばあい》にそなえて、政宗《まさむね》が輝宗《てるむね》につけていた剛腕《ごうわん》の伊達成実《だてしげざね》や、輝宗《てるむね》の弟《おとうと》である留守政景《るすまさかげ》らがいたが、あまりにも突然《とつぜん》の出来事《できごと》に、あとを追《お》うことしか、できなかった。

義継《よしつぐ》は、畠山《はたけやま》の家臣《かしん》たちに守《まも》られ、二本松《にほんまつ》のほうへ馬《うま》を走《はし》らせた。

「近寄《ちかよ》るな！　近寄《ちかよ》れば、輝宗《てるむね》の命《いのち》はないぞ！」

逃《に》げていきながら、義継《よしつぐ》はさけんだ。

「うぬ、義継《よしつぐ》め。」

人質《ひとじち》となった輝宗《てるむね》の身《み》を案《あん》じながら、成実《しげざね》は、政宗《まさむね》のもとへ、知《し》らせの馬《うま》を走《はし》らせた。

その知《し》らせの馬《うま》が届《とど》いたとき、政宗《まさむね》は、近《ちか》くで鷹狩《たかが》りをしていた。

「なにっ、父上《ちちうえ》が？」

事情《じじょう》を聞《き》くと、政宗《まさむね》は血相《けっそう》を変《か》え、馬《うま》を走《はし》らせた。そのあとを、伊達《だて》の家臣《かしん》が鉄砲《てっぽう》をかまえて、ついていった。

「おのれ、畠山義継《はたけやまよしつぐ》め。ゆるさないぞっ。」

政宗《まさむね》は歯《は》ぎしりした。

やがて、阿武隈川《あぶくまがわ》が見《み》えてきた。そこには、いままさに川《かわ》をわたろうとしている畠山義《はたけやまよし》継《つぐ》らがいた。義継《よしつぐ》は、輝宗《てるむね》ののどに刃《やいば》をつきつけて、畠山《はたけやま》の家臣《かしん》たちにさけんでいた。

「みなの者《もの》、これより川《かわ》をわたるぞ。わたってしまえば、伊達《だて》はもう手出《てだ》しはできないぞ。」

政宗《まさむね》は馬《うま》にむちをあて、全速力《ぜんそくりょく》で走《はし》らせながら、さけんだ。

「父上《ちちうえ》、政宗《まさむね》が参《まい》りましたぞっ！」

輝宗《てるむね》が、それにこたえて、さけんだ。

「政宗《まさむね》かっ！」

「寄《よ》るな、寄《よ》るな！」義継《よしつぐ》がさけんだ。「それ以上《いじょう》、近寄《ちかよ》れば、輝宗《てるむね》を殺《ころ》すぞ！」

政宗《まさむね》は、前歯《まえば》も奥歯《おくば》もすべて折《お》れんばかりに、ぎりぎりと歯《は》ぎしりをした。義継《よしつぐ》め、父《ちち》上《うえ》を盾《たて》にして、二本松城《にほんまつじょう》に逃《に》げこむつもりか。このまま阿武隈川《あぶくまがわ》をわたらせてしまえば、父《ちち》は人質《ひとじち》となり、二本松城《にほんまつじょう》を攻《せ》めることもできなくなる。

そのとき、義継《よしつぐ》に刃《やいば》をあてられていた輝宗《てるむね》が、大音声《だいおんじょう》のかぎりにさけんだ。

「わたしにかまうな、政宗《まさむね》！　義継《よしつぐ》を撃《う》て！　わたしを案《あん》じて、伊達《だて》の家名《かめい》を汚《けが》すな！」

政宗《まさむね》は、かっと目《め》をみひらいた。このまま義継《よしつぐ》を逃《に》がすのか。父《ちち》を人質《ひとじち》にとられたまま、川《かわ》をわたらせるのか。馬鹿《ばか》な。そのようなことをさせてなるものか。それに、のちに父《ちち》を助《たす》け出《だ》したとしても、父《ちち》は人質《ひとじち》となったみずからのゆだんを恥《は》じて、自害《じがい》するだろう……。

頭《あたま》が真《ま》っ白《しろ》になり、血《ち》を吐《は》くような声《こえ》で、政宗《まさむね》は命《めい》じた。

「撃《う》てっ！　義継《よしつぐ》を生《い》かして、帰《かえ》すな！」

伊達勢《だてぜい》の鉄砲《てっぽう》がいっせいに火《ひ》を噴《ふ》き、畠山《はたけやま》の家臣《かしん》、五十人《にん》あまりはことごとく撃《う》ち殺《ころ》された。

「おのれっ。」

怒《おこ》った義継《よしつぐ》は、脇差《わきざし》で、輝宗《てるむね》ののどを斬《き》りさいた。輝宗《てるむね》の首《くび》から、真《ま》っ赤《か》な血《ち》が噴《ふ》き出《だ》した。義継《よしつぐ》が鉄砲《てっぽう》に撃《う》たれて馬《うま》から落《お》ちていったとき、輝宗《てるむね》も、地《ち》に落《お》ちていった。

父《ちち》がのどから血《ち》を噴《ふ》き出《だ》し、地上《ちじょう》に落《お》ちていく光景《こうけい》を、悪夢《あくむ》のようにながめながら、政《まさ》宗《むね》は走《はし》った。あおむけに横《よこ》たわっている輝宗《てるむね》を、ひしと抱《だ》きあげて、政宗《まさむね》はさけんだ。

「おゆるしください、父上《ちちうえ》！」

政宗《まさむね》は号泣《ごうきゅう》した。

父《ちち》はどれほど自分《じぶん》を愛《あい》してくれたか。そう思《おも》うと胸《むね》がはりさけそうだった。母《はは》に愛《あい》されていない自分《じぶん》を、父《ちち》は深《ふか》く愛《あい》してくれた。病《やまい》にかかった自分《じぶん》を眠《ねむ》らずに看病《かんびょう》してくれた。強《つよ》く明《あか》るくなるようにと、虎哉和尚《こさいおしょう》と喜多《きた》と小十郎《こじゅうろう》をつけてくれた。これ以上《いじょう》はないほど愛《あい》してくれたのだ。その父《ちち》を、自分《じぶん》が殺《ころ》すことになってしまうとは……。

政宗《まさむね》は、天《てん》に向《む》かって、さけびたかった。

「天《てん》よ、なぜ、わたしにこのようなことをさせたのですかっ……。」

輝宗《てるむね》は、このとき四十二歳《さい》だった。政宗《まさむね》に家督《かとく》をゆずってから、一年後《ねんご》、こうして輝宗《てるむね》は、思《おも》いがけない無惨《むざん》な死《し》をむかえたのだった。

第《だい》十一章《しょう》　人取橋《ひととりばし》の戦《たたか》い

輝宗《てるむね》の死《し》から、初七日《しょなのか》がすんだ、十月《がつ》十五日《にち》。

政宗《まさむね》は五千の兵《へい》をひきいて、阿武隈川《あぶくまがわ》をわたり、二本松城《にほんまつじょう》を攻《せ》める陣《じん》をしいた。このとき、二本松城《にほんまつじょう》は、畠山義継《はたけやまよしつぐ》の子《こ》で、十二歳《さい》の国王丸《くにおうまる》があとをついでいた。

「なんとしても、父《ちち》のかたきを討《う》つ。」政宗《まさむね》の胸《むね》は怒《いか》りに燃《も》えていた。「二本松城《にほんまつじょう》を攻《せ》め落《お》とし、畠山《はたけやま》は皆殺《みなごろ》しにする。」

政宗《まさむね》は、一気《いっき》に攻《せ》め落《お》とそうとしたが、二本松城《にほんまつじょう》は、輝宗《てるむね》が言《い》ったとおり、簡単《かんたん》に攻《せ》め落《お》とせる城《しろ》ではなかった。国王丸《くにおうまる》は城《しろ》にたてこもり、城外《じょうがい》に出《で》てこようとしなかった。

「出《で》てこい、国王丸《くにおうまる》っ！」

思《おも》うように城《しろ》が攻《せ》め落《お》とせないのに、政宗《まさむね》はいらだった。十六日《にち》から雪《ゆき》がふりはじめ、十八日《にち》には、まれに見《み》る大雪《おおゆき》となった。

「殿《との》。この大雪《おおゆき》では、攻《せ》めるのもままなりません。ひとまず小浜城《おばまじょう》へもどりましょう。」

小十郎《こじゅうろう》が進言《しんげん》した。政宗《まさむね》は怒《いか》りをこらえ、二十一日《にち》、小浜城《おばまじょう》へもどった。

国王丸《くにおうまる》は、まわりの城主《じょうしゅ》たちへ、援軍《えんぐん》をもとめる文《ふみ》を送《おく》った。会津《あいづ》の蘆名《あしな》や、常陸《ひたち》の佐竹《さたけ》、さらには仙道筋《せんどうすじ》の小大名《しょうだいみょう》らが、その呼《よ》びかけに応《こた》えた。その連合軍《れんごうぐん》は、三万《まん》の軍勢《ぐんぜい》にふくれあがり、十一月十日《がっとおか》、須賀川《すかがわ》の地《ち》に集結《しゅうけつ》した。

「こしゃくな。」政宗《まさむね》はいきどおった。「寄《よ》せ集《あつ》め軍《ぐん》など、伊達《だて》はおそれない。」

天正十三年《てんしょうねん》（一五八五年《ねん》）十一月十七日《がつにち》、政宗《まさむね》は、仙道《せんどう》と本宮街道《もとみやかいどう》の交《まじ》わる地《ち》に、七千の兵《へい》を布陣《ふじん》させた。

七千対《たい》三万《まん》という戦《たたか》いは、その日《ひ》のうちに始《はじ》まり、両軍《りょうぐん》は、瀬戸川《せとがわ》にかかる人取橋《ひととりばし》で、激突《げきとつ》した。兵数《へいすう》が三倍以上《ばいいじょう》の連合軍《れんごうぐん》は、伊達軍《だてぐん》を攻《せ》め立《た》てた。

「ひくな、ひくなっ！」

政宗《まさむね》は槍《やり》をかざし、声《こえ》をからして兵《へい》をはげましたが、みずからの兜《かぶと》に、銃弾《じゅうだん》を五発《はつ》、矢《や》を一本《ぽん》受《う》けた。

「あれが大将《たいしょう》の政宗《まさむね》ぞ！　首《くび》をとれっ！」

敵兵《てきへい》が、政宗《まさむね》の姿《すがた》をみとめ、殺到《さっとう》してきた。大勢《おおぜい》の敵《てき》にかこまれ、あわやとなったとき、小十郎《こじゅうろう》が機転《きてん》をきかせて、さけんだ。

「小十郎《こじゅうろう》、ひるむな。政宗《まさむね》、ここにありっ！」

それを聞《き》いた敵兵《てきへい》は、「おっ、あちらが本物《ほんもの》の政宗《まさむね》か。」と政宗《まさむね》から離《はな》れ、小十郎《こじゅうろう》のもとへむらがった。どっと、むらがる敵《てき》に、さしもの小十郎《こじゅうろう》があぶなくなったときだった。伊達家《だてけ》に長年《ながねん》つかえてきた、七十三歳《さい》の鬼庭良直《おにわよしなお》が六十騎《き》をひき連《つ》れ、駆《か》けつけて、すさまじい勢《いきお》いで槍《やり》をふりまわした。その働《はたら》きで、小十郎《こじゅうろう》はひと息《いき》つくことができた。

血《ち》で血《ち》を洗《あら》う、はげしい戦《たたか》いが続《つづ》いたが、数《かず》におとる伊達軍《だてぐん》は苦戦《くせん》し、政宗《まさむね》は、いったん本宮城《もとみやじょう》へしりぞくことを決《き》めた。

「ここが自分《じぶん》の死《し》に場所《ばしょ》だ。」と決《き》めた鬼庭良直《おにわよしなお》は、伊達軍《だてぐん》のしんがりとなって、追撃《ついげき》してくる連合軍《れんごうぐん》を食《く》い止《と》め、壮絶《そうぜつ》きわまりない討《う》ち死《じ》にをした。毛虫《けむし》を兜《かぶと》にかかげた伊達成実《だてしげざね》も、一歩《いっぽ》もひかず、奮戦《ふんせん》した。

日暮《ひぐ》れまで続《つづ》いた戦《たたか》いは、夜《よる》になり、ひとまず「引《ひ》き分《わ》け」となった。

ひきあげた本宮城《もとみやじょう》で、政宗《まさむね》は歯噛《はが》みした。

「信長《のぶなが》は、三千の兵《へい》で、三万《まん》の兵《へい》をひきいる今川義元《いまがわよしもと》を打《う》ち破《やぶ》った。わたしも信長《のぶなが》のように戦《たたか》って勝《か》つはずだったのに、七千の兵《へい》で、三万《まん》の兵《へい》を打《う》ち破《やぶ》れず、じりじりと押《お》されていった。このまま明日《あす》、戦《たたか》いが始《はじ》まったら、負《ま》けるかもしれない……。」政宗《まさむね》はその思《おも》いをふりはらった。「いや、われらは負《ま》けない。われらは勝《か》つ。絶対《ぜったい》に、勝《か》つ。」

十九歳《さい》の政宗《まさむね》は、ふつふつと闘志《とうし》をたぎらせ、腹《はら》の底《そこ》からの吠《ほ》えるような声《こえ》で、家臣《かしん》たちを鼓舞《こぶ》した。

「よいかっ、敵《てき》は多《おお》く、味方《みかた》は少《すく》ない。だが、われらは命《いのち》のかぎり戦《たたか》い、かなわないときは、敵《てき》の大将《たいしょう》と組《く》み合《あ》って、さしちがえるぞ。みな、その覚悟《かくご》をいたせっ！」

「おうっ！」

「のぞむところだ！」

十八歳《さい》の伊達成実《だてしげざね》をはじめ、伊達家《だてけ》の武将《ぶしょう》たちは、われんばかりの声《こえ》でこたえた。味方《みかた》の戦意《せんい》を高《たか》める一方《いっぽう》で、政宗《まさむね》は黒はばき組《ぐみ》の忍《しの》びを呼《よ》び、にせのうわさを敵陣《てきじん》に放《はな》つように命《めい》じた。

うおおお

その夜《よ》、一万《まん》の兵《へい》をひきいていた佐竹義重《さたけよししげ》に、知《し》らせが入《はい》った。

――殿《との》のるすをねらって、北条《ほうじょう》の兵《へい》が常陸《ひたち》に侵入《しんにゅう》してきたようです。

それは、敵陣《てきじん》をかきみだすために放《はな》った、にせの知《し》らせだったが、日《ひ》ごろから、国境《くにざかい》をへだてた北条《ほうじょう》の侵入《しんにゅう》をおそれていた佐竹義重《さたけよししげ》は、あくる朝《あさ》、兵《へい》をまとめて、常陸《ひたち》へもどった。

「なんと、佐竹軍《さたけぐん》がいなくなったのか。」

残《のこ》された連合軍《れんごうぐん》は、「名将《めいしょう》の佐竹義重《さたけよししげ》ぬきでは、とうてい伊達《だて》とは戦《たたか》えない。」と戦意《せんい》を失《うしな》い、それぞれ領国《りょうごく》へもどっていった。

よし、うまくいったぞ。政宗《まさむね》は、策略《さくりゃく》の成功《せいこう》をよろこんだ。

夜《よ》が明《あ》けて、敵兵《てきへい》がいなくなっているのを知《し》ると、伊達《だて》の家臣《かしん》は、勝《か》ちいくさのおたけびをあげた。

「伊達《だて》が、勝《か》った。三万《まん》の敵軍《てきぐん》と戦《たたか》って、負《ま》けなかったぞ。」

「政宗《まさむね》さまは、強運《きょううん》だ。」

小十郎《こじゅうろう》は、政宗《まさむね》に言《い》った。

「殿《との》。蘆名《あしな》や佐竹《さたけ》がたばになっても、伊達《だて》には勝《か》てない。それを、奥羽《おうう》の豪族《ごうぞく》どもに知《し》らしめすことができましたな。」

政宗《まさむね》はうなずいた。

「そうだ。いずれ、蘆名《あしな》も佐竹《さたけ》も、わが領土《りょうど》としてやる。」

この天正《てんしょう》十三年《ねん》の『人取橋《ひととりばし》の戦《たたか》い』は、伊達政宗《だてまさむね》の名《な》を全国《ぜんこく》にとどろかせることになった。

「独眼竜《どくがんりゅう》、政宗《まさむね》か。」

「七千の兵《へい》で、三万《まん》の大軍《たいぐん》を相手《あいて》に戦《たたか》って負《ま》けなかったというではないか。」

「まだ十九歳《さい》なのに、政宗《まさむね》は強《つよ》い。」

まわりの豪族《ごうぞく》たちは、伊達《だて》にさからえばほろぼされる、とおそれるようになった。

天正十四年《てんしょうねん》（一五八六年《ねん》）の四月《がつ》、政宗《まさむね》は、あらためて大軍《たいぐん》をひきいて、二本松城《にほんまつじょう》を取《と》り囲《かこ》んだ。城《しろ》はすぐには落《お》ちなかったが、相馬義胤《そうまよしたね》の調停《ちょうてい》で、七月《がつ》十六日《にち》、畠山国王丸《はたけやまくにおうまる》（のちの義綱《よしつな》）は二本松城《にほんまつじょう》をあけわたし、会津《あいづ》の蘆名《あしな》をたよって落《お》ちのびた。

「よし、畠山《はたけやま》をほろぼしたぞ。」

政宗《まさむね》は、十九歳《さい》の伊達成実《だてしげざね》を、二本松城主《にほんまつじょうしゅ》とさせた。この結果《けっか》、伊達家《だてけ》の支配《しはい》する領地《りょうち》は、七十万石《まんごく》を超《こ》えることになった。

「こんなものでは終《お》わらない。」政宗《まさむね》は思《おも》った。「もっと、もっと領土《りょうど》をひろげるぞ。」

しかし、その一方《いっぽう》で、天下《てんか》はいよいよさだまろうとしていた。十月《がつ》、それまで秀吉《ひでよし》と敵《てき》対《たい》していた徳川家康《とくがわいえやす》が、大坂城《おおざかじょう》へおもむき、関白秀吉《かんぱくひでよし》に、ついにひざを屈《くっ》したのだ。

第《だい》十二章《しょう》　母《はは》、保春院《ほしゅんいん》が、伊達《だて》をすくう

天正《てんしょう》十五年《ねん》（一五八七年《ねん》）、十二月《がつ》。その年《とし》の五月《がつ》に九州《きゅうしゅう》を平定《へいてい》した関白秀吉《かんぱくひでよし》が、「大名《だいみょう》同士《どうし》の勝手《かって》な戦《たたか》いはゆるさない、停止《ていし》を命《めい》じる。」という、「奥両国惣無事令《おうりょうこくそうぶじれい》」を下《くだ》した。

「殿《との》。」小十郎《こじゅうろう》は、政宗《まさむね》にたずねた。「勝手《かって》に戦《たたか》うなという、関白秀吉《かんぱくひでよし》の命令《めいれい》を、どういたしますか？」

「知《し》らないふりをするのだ。」政宗《まさむね》は平然《へいぜん》として、言《い》った。「だが、急《いそ》がねばならない。秀《ひで》吉《よし》と対抗《たいこう》するには、伊達《だて》の領土《りょうど》をできるだけ大《おお》きくしておかねば。」

天正《てんしょう》十六年《ねん》（一五八八年《ねん》）、六月《がつ》。蘆名《あしな》と佐竹《さたけ》、さらには南奥羽《みなみおうう》の大名《だいみょう》たちの連合軍《れんごうぐん》、四千が北上《ほくじょう》し、伊達家《だてけ》の支城《しじょう》である郡山城《こおりやまじょう》を取《と》り囲《かこ》んだ。

「なに、郡山城《こおりやまじょう》が？　ついに、南《みなみ》からも攻《せ》めてきたか。」

このとき伊達軍《だてぐん》は大崎義隆《おおさきよしたか》と争《あらそ》っていた。政宗《まさむね》が出陣《しゅつじん》していなかったせいで、「政宗《まさむね》の

いない伊達軍《だてぐん》など、おそれるに足《た》らない。」と北《きた》から攻《せ》め立《た》てられ、伊達軍《だてぐん》は苦戦《くせん》していた。政宗《まさむね》が出陣《しゅつじん》しなかったのは、山形《やまがた》の最上義光《もがみよしあき》が攻《せ》めてくるのにそなえていたからだった。

南《みなみ》からの連合軍《れんごうぐん》に攻《せ》められても、北《きた》と東《ひがし》に多《おお》くの伊達兵《だてへい》をさいていたため、政宗《まさむね》がひきいることのできる兵《へい》は、このとき、わずか六百しかいなかった。

「この数《かず》では、四千の軍勢《ぐんぜい》とまともにぶつかったら、勝《か》てない。」

それでも政宗《まさむね》は、郡山城《こおりやまじょう》の北東《ほくとう》の窪田城《くぼたじょう》に、陣《じん》をしき、南方《なんぽう》の敵《てき》をしりぞかせる作戦《さくせん》をたてた。

七月四日《がつよっか》、両軍《りょうぐん》はぶつかった。

「進《すす》め、進《すす》め、しりぞくなっ！」

政宗《まさむね》はみずから槍《やり》をふるって、馬上《ばじょう》で、さけんだ。六百対《たい》四千という不利《ふり》な戦《たたか》いだったが、政宗《まさむね》の下知《げじ》にこたえて、伊達軍《だてぐん》は勇猛《ゆうもう》に戦《たたか》い、相手《あいて》の首《くび》を二百とった。伊達軍《だてぐん》も、七十人《にん》が討《う》たれた。その日《ひ》のうちに勝負《しょうぶ》はつかず、にらみあいとなった。

「このまま戦《たたか》いが長引《ながび》けば、不利《ふり》になる。蘆名《あしな》と佐竹《さたけ》を、内部《ないぶ》からゆさぶってやる。」

政宗《まさむね》は、黒《くろ》はばき組《ぐみ》を使《つか》い、蘆名家《あしなけ》の内部《ないぶ》で争《あらそ》いが起《お》きるよう、くわだてた。それがうまくいって、蘆名家《あしなけ》の重臣《じゅうしん》、猪苗代父子《いなわしろふし》のあいだで、争《あらそ》いが起《お》きた。さらに、佐竹《さたけ》に対《たい》しては、伊達《だて》と同盟《どうめい》をむすんでいた北条氏直《ほうじょううじなお》を動《うご》かして、佐竹領《さたけりょう》の南部《なんぶ》に、兵《へい》を侵入《しんにゅう》させた。

「よし、蘆名《あしな》も佐竹《さたけ》も、あせっているだろう。」

その状況《じょうきょう》を見《み》すまし、政宗《まさむね》は、七月《がつ》二十一日《にち》、和議《わぎ》を成立《せいりつ》させた。『窪田《くぼた》の戦《たたか》い』と言《い》われる、伊達《だて》と蘆名《あしな》・佐竹《さたけ》のいくさは、とりあえず収《おさ》まった。

この『窪田《くぼた》の戦《たたか》い』のときこそ、最上義光《もがみよしあき》が伊達《だて》を攻《せ》める絶好《ぜっこう》の機会《きかい》だった。東《ひがし》の大崎《おおさき》、南《みなみ》の蘆名《あしな》・佐竹《さたけ》と呼応《こおう》すれば、北《きた》から攻《せ》め寄《よ》せることができた。しかし、義光《よしあき》は動《うご》かなかった。それにはわけがあった。

「息子《むすこ》の政宗《まさむね》と兄《あに》の義光《よしあき》が戦《たたか》うなど、あってはなりません。」

出家《しゅっけ》して保春院《ほしゅんいん》と名《な》のるようになっていた、母義姫《ははよしひめ》が輿《こし》にのり、両国《りょうこく》の境《さかい》、中山《なかやま》の地《ち》にいすわり、最上《もがみ》と伊達《だて》の両家《りょうけ》に向《む》かって「和議《わぎ》がなるまで、わたくしは動《うご》きません。」と宣言《せんげん》したのだ。保春院《ほしゅんいん》は薙刀《なぎなた》を持《も》ち、てこでも動《うご》かないそぶりを見《み》せつけた。保春院《ほしゅんいん》にとっては、伊達家《だてけ》も最上家《もがみけ》も、どちらも大切《たいせつ》なものだった。

戦《たたか》いに巻《ま》きこまれてしまう保春院《ほしゅんいん》の身《み》を案《あん》じ、政宗《まさむね》や最上義光《もがみよしあき》がひそかにおとずれ、山《やま》から下《お》りるように説得《せっとく》を試《こころ》みたが、保春院《ほしゅんいん》はこばんだ。

「わたくしを山《やま》から下《お》ろしたかったら、政宗《まさむね》も兄上《あにうえ》もいくさをしないと約束《やくそく》しなさい。そうすれば、わたくしはここを離《はな》れます。」

保春院《ほしゅんいん》が両国《りょうこく》の境《さかい》に立《た》ちはだかってから、刻々《こっこく》と日《ひ》がたった。

最上《もがみ》二十四万石《まんごく》をひきいる義光《よしあき》は、「義光持之《よしあきこれをもつ》」と刻《きざ》まれた重《おも》い鉄棒《てつぼう》を、かるがると手《て》に持《も》って戦場《せんじょう》にのぞんだほど、勇猛《ゆうもう》な武将《ぶしょう》であると同時《どうじ》に、さまざまな謀略《ぼうりゃく》をもちいて、勢力《せいりょく》を拡大《かくだい》した野心家《やしんか》だった。伊達《だて》に対《たい》しても、機会《きかい》さえあれば、蘆名《あしな》や佐竹《さたけ》と手《て》を組《く》んで、北《きた》と南《みなみ》から伊達《だて》をはさみうちにしようとねらっていた。だが、義光《よしあき》も、妹《いもうと》を殺《ころ》してまで、政宗《まさむね》と戦《たたか》うことはできなかった。

「仕方《しかた》のない妹《いもうと》め。」義光《よしあき》はついに折《お》れた。「今度《こんど》こそは、政宗《まさむね》を攻《せ》めほろぼすつもりであったが、妹《いもうと》に免《めん》じて、ゆるしてやろう。」

こうして政宗《まさむね》と義光《よしあき》とのあいだで、和議《わぎ》が成立《せいりつ》した。八十日《にち》にわたる母《はは》、保春院《ほしゅんいん》の決死《けっし》の行動《こうどう》によって、北《きた》の最上《もがみ》、東《ひがし》の大崎《おおさき》、南《みなみ》の蘆名《あしな》・佐竹《さたけ》という、三方面《ほうめん》での苦《くる》しい戦《たたか》いを、政宗《まさむね》はしのぎきることができたのである。

第《だい》十三章《しょう》 「奥羽《おうう》の王《おう》」となる

天正《てんしょう》十七年《ねん》(一五八九年《ねん》)、政宗《まさむね》は新春《しんしゅん》を米沢城《よねざわじょう》でむかえた。

「今年《ことし》こそは、南奥羽《みなみおうう》をまとめて攻《せ》め取《と》るぞ。」

最上義光《もがみよしあき》の仲立《なかだ》ちにより、大崎義隆《おおさきよしたか》と和議《わぎ》をむすんだ政宗《まさむね》は、南奥羽《みなみおうう》のかなめともいうべき蘆名《あしな》に、目《め》を向《む》けた。

蘆名家《あしなけ》の当主《とうしゅ》、義広《よしひろ》は、常陸《ひたち》の佐竹義重《さたけよししげ》の次男《じなん》だった。あとつぎのいない蘆名家《あしなけ》の婿《むこ》となっていたのだ。佐竹義重《さたけよししげ》は、関白秀吉《かんぱくひでよし》とよしみを通《つう》じていて、政宗《まさむね》が蘆名《あしな》を攻《せ》めることは、「惣無事令《そうぶじれい》」を発《はっ》している秀吉《ひでよし》に対《たい》して、はっきりとさからうことだった。

それを案《あん》じて、政宗《まさむね》のもとには、徳川家康《とくがわいえやす》から書状《しょじょう》が届《とど》いていた。

——伊達《だて》どの。すぐに上洛《じょうらく》して、関白《かんぱく》のもとへあいさつに行《い》くように。

あいさつに行《い》くとは、家康《いえやす》と同《おな》じように、秀吉《ひでよし》に服従《ふくじゅう》することを意味《いみ》していた。しかし、政宗《まさむね》はそれを無視《むし》した。政宗《まさむね》にとってのたのみは、秀吉《ひでよし》への服従《ふくじゅう》をこばんでいる小田《おだ》原城《わらじょう》の北条氏《ほうじょうし》だった。

(同盟《どうめい》している北条《ほうじょう》と組《く》んで、秀吉《ひでよし》に対抗《たいこう》し、時《とき》が来《く》れば、天下取《てんかと》りをねらうのだ……。)

政宗《まさむね》が蘆名《あしな》攻《ぜ》めを計画《けいかく》していたとき、佐竹義重《さたけよししげ》の家中《かちゅう》で、重臣《じゅうしん》のむほんが起《お》きた。

「よし、これで佐竹《さたけ》が、蘆名《あしな》のもとへ、援軍《えんぐん》を出《だ》せなくなったぞ。」

さらに、つごうのよいことに、蘆名家《あしなけ》でも、内部争《ないぶあらそ》いが起《お》きた。義広《よしひろ》にしたがって佐竹《さたけ》家《け》から蘆名家《あしなけ》に入《はい》っていた付《つ》け家老《がろう》と、もともとの蘆名家《あしなけ》の重臣《じゅうしん》が、いさかいを始《はじ》めたのだ。

「いまだ、蘆名《あしな》攻《ぜ》めは。」

四月《がつ》二十二日《にち》。政宗《まさむね》は大軍《たいぐん》をひきいて、米沢城《よねざわじょう》を出《で》た。五月四日《がつよっか》には、蘆名《あしな》の領地《りょうち》である安子島城《あこがしまじょう》を攻《せ》め落《お》とし、あくる五日《いつか》には、高玉城《たかたまじょう》を攻《せ》め落《お》とした。

ふたつの支城《しじょう》をまたたくまに落《お》とされ、蘆名義広《あしなよしひろ》はあせった。伊達軍《だてぐん》がすさまじい勢《いきお》いで、蘆名《あしな》の本城《ほんじょう》、黒川城《くろかわじょう》へ向《む》かってくると、おそれた。ところが、そうはならなかった。

政宗《まさむね》は黒川城《くろかわじょう》へ向《む》かわず、会津《あいづ》とは反対方向《はんたいほうこう》の、相馬義胤《そうまよしたね》の領土《りょうど》に軍勢《ぐんぜい》を向《む》けて、ふたつの城《しろ》を、一気《いっき》に攻《せ》め落《お》とした。

「政宗《まさむね》め、こちらに向《む》かわず、まずは相馬《そうま》を攻《せ》めつぶすつもりだな。」

ひとまず、時《とき》がかせげる。安心《あんしん》した蘆名義広《あしなよしひろ》は準備《じゅんび》を整《ととの》え、五月《がつ》二十七日《にち》に、佐竹義重《さたけよししげ》の援軍《えんぐん》とともに、須賀川《すかがわ》へ出陣《しゅつじん》した。しかし、これは政宗《まさむね》の作戦《さくせん》だった。相馬《そうま》を封《ふう》じこめると、すぐに兵《へい》をとって返《かえ》し、安子島城《あこがしまじょう》へ入《はい》ったのだ。

六月一日《がつついたち》、義広《よしひろ》の重臣《じゅうしん》、猪苗代盛国《いなわしろもりくに》が、政宗《まさむね》の誘《さそ》いに応《おう》じて、伊達側《だてがわ》に寝返《ねがえ》った。これは以前《いぜん》から、政宗《まさむね》が「蘆名《あしな》を捨《す》てて、伊達《だて》につけ。」と誘《さそ》っていたのが功《こう》を奏《そう》したのだ。

「なに、盛国《もりくに》が政宗《まさむね》についた、だと？　黒川城《くろかわじょう》があぶない。」

四日《よっか》の夜《よる》、義広《よしひろ》は須賀川《すかがわ》の陣《じん》をはらい、黒川城《くろかわじょう》へ急《いそ》ぎもどった。佐竹義重《さたけよししげ》も陣《じん》をはらい、白河城《しらかわじょう》へしりぞいた。

「よし、義広《よしひろ》め、黒川城《くろかわじょう》にもどったな。」

政宗《まさむね》は、安子島城《あこがしまじょう》から、すばやく移動《いどう》して、猪苗代城《いなわしろじょう》に入《はい》った。黒川城《くろかわじょう》と猪苗代城《いなわしろじょう》のあいだは、馬《うま》を走《はし》らせれば、すぐにも届《とど》く距離《きょり》だった。

黒川城《くろかわじょう》の蘆名義広《あしなよしひろ》か、猪苗代城《いなわしろじょう》の伊達政宗《だてまさむね》か。ここに蘆名《あしな》と伊達《だて》という二大名家《だいめいか》による、南奥羽《みなみおうう》の支配《しはい》をめぐって、のっぴきならない戦《たたか》いが始《はじ》まった。

六月五日《がついつか》。義広《よしひろ》は一万《まん》六千の兵《へい》をひきいて、黒川城《くろかわじょう》から猪苗代城《いなわしろじょう》へ向《む》かった。

「うらぎった盛国《もりくに》ともども、政宗《まさむね》を攻《せ》めつぶしてやる。」

一方《いっぽう》、政宗《まさむね》は二万《まん》二千の兵《へい》をひきいて、猪苗代城《いなわしろじょう》を出《で》ると、磐梯山《ばんだいさん》の中腹《ちゅうふく》にある八ヶ森《やつがもり》に陣《じん》を張《は》った。

「ここで、蘆名《あしな》をたたきつぶす。」

夜明《よあ》けとともに、戦《たたか》いの火《ひ》ぶたが切《き》って落《お》とされた。両軍《りょうぐん》は、猪苗代湖畔《いなわしろこはん》の摺上原《すりあげはら》という地《ち》で、激突《げきとつ》した。

「進《すす》め、進《すす》めっ!」

政宗《まさむね》は槍《やり》をふりかざし、下知《げじ》した。はじめは西風《にしかぜ》が吹《ふ》きまくっていたので、風上《かざかみ》に陣《じん》取《ど》った蘆名勢《あしなぜい》が優勢《ゆうせい》だった。だが、政宗《まさむね》は、大音声《だいおんじょう》で兵《へい》をはげました。

「伊達《だて》は勝《か》つぞ! 蘆名《あしな》ごときには、負《ま》けぬぞっ!」

勝利《しょうり》を確信《かくしん》していた政宗《まさむね》は、「敵《てき》は負《ま》けて、日橋川《にっぱしがわ》にかかる橋《はし》をわたって逃《に》げるだろうから、橋《はし》を切《き》って落《お》とせ。」と命《めい》じた。橋《はし》を落《お》とさせてから、しばらくして、それまでの西風《にしかぜ》が、東風《ひがしかぜ》に変《か》わった。

「よし、風《かぜ》が変《か》わった。われらが勝《か》ったぞ！」

政宗《まさむね》はさけんだ。

ここに形勢《けいせい》は大逆転《だいぎゃくてん》した。風下《かざしも》になった蘆名勢《あしなぜい》は、風上《かざかみ》から攻《せ》め寄《よ》せる伊達軍《だてぐん》に押《お》しまくられ、政宗《まさむね》の予想《よそう》どおり、日橋川《にっぱしがわ》の橋《はし》をわたって逃《に》げようとした。だが、橋《はし》が切《き》られていたので、兵《へい》の多《おお》くは、あとからあとから逃《に》げてくる兵《へい》に押《お》され、川《かわ》に落《お》ちて、おぼれ死《じ》んだ。

「無念《むねん》、敗《やぶ》れたか……。」

蘆名義広《あしなよしひろ》は、わずかの兵《へい》に守《まも》られ、黒川城《くろかわじょう》にもどった。しかし、城《しろ》にたてこもったとしても、伊達軍《だてぐん》の猛攻《もうこう》を持《も》ちこたえる力《ちから》は、もはや残《のこ》っていなかった。

十日《とおか》の夜《よる》、義広《よしひろ》は、実家《じっか》の佐竹義重《さたけよししげ》をたよって落《お》ちのびた。この『摺上原《すりあげはら》の戦《たたか》い』により、奥州《おうしゅう》の名家《めいか》、蘆名家《あしなけ》はほろんだのである。

あくる十一日《にち》、政宗《まさむね》は黒川城《くろかわじょう》に入《はい》って、高《たか》らかに宣言《せんげん》した。

「この黒川城《くろかわじょう》を、わが伊達家《だてけ》の本城《ほんじょう》とする。」

蘆名《あしな》が持《も》っていた会津《あいづ》、大沼《おおぬま》など、多《おお》くの所領《しょりょう》が、伊達《だて》のものとなった。

さらに政宗《まさむね》は、これまで伊達《だて》に敵対《てきたい》してきた南奥州《みなみおうしゅう》の小大名《しょうだいみょう》たちを、つぎつぎと攻《せ》めた。

七月《がつ》には、白河城《しらかわじょう》の白川義親《しらかわよしちか》を、十月《がつ》には、須賀川城《すかがわじょう》の二階堂氏《にかいどうし》を、十一月《がつ》には、石川《いしかわ》城《じょう》の石川昭光《いしかわあきみつ》を攻《せ》めて、伊達《だて》にしたがわせた。


天正《てんしょう》十八年《ねん》（一五九〇年《ねん》）、正月《しょうがつ》の連歌会《れんがかい》で、政宗《まさむね》は歌《うた》を詠《よ》んだ。

――七種《ななくさ》を一葉《ひとは》に寄《よ》せて　つむ根芹《ねせり》
（七種《しゅ》の草《くさ》を、ひとつの葉《は》に集《あつ》めて、根芹《ねぜり》をつむことよ。）

これは南奥州《みなみおうしゅう》の七郡《ぐん》である、白河《しらかわ》、石川《いしかわ》、岩瀬《いわせ》、安積《あさか》、安達《あだち》、信夫《しのぶ》、田村《たむら》を、七つの草《くさ》にたとえて、それを手《て》にしたよろこびを、ほこらしげに歌《うた》ったものだった。

「ついに、南奥羽《みなみおうう》を制覇《せいは》したぞ。」

政宗《まさむね》は、このときとくいの絶頂《ぜっちょう》にあった。その領土《りょうど》は、奥羽《おうう》六十六郡《ぐん》のなかば、三十あまり、ゆうに百万石《まんごく》を超《こ》えた。輝宗《てるむね》から家督《かとく》をゆずられ、まだ五年《ねん》しかたっていないのに、二十四歳《さい》の若《わか》さで、『独眼竜政宗《どくがんりゅうまさむね》』は『奥羽《おうう》の王《おう》』の名《な》にふさわしい大大名《だいだいみょう》となったのだ。

下野

第《だい》十四章《しょう》　母《はは》に、毒殺《どくさつ》されそうになる

「蘆名《あしな》の次《つぎ》は、佐竹《さたけ》だ。」

政宗《まさむね》の野望《やぼう》は燃《も》えさかった。めざすは、伊達《だて》とたえず対立《たいりつ》してきた常陸《ひたち》の佐竹義重《さたけよししげ》だった。

このとき義重《よししげ》は、四十四歳《さい》。十六歳《さい》の若《わか》さで、佐竹《さたけ》五十四万石《まんごく》の十八代当主《だいとうしゅ》となった義《よし》重《しげ》は「鬼義重《おによししげ》」と呼《よ》ばれ、眼力《がんりき》のすさまじい猛将《もうしょう》だった。ゆだんして寝《ね》ているところを殺《ころ》されないように、毎夜《まいよ》、寝場所《ねばしょ》を変《か》える用心深《ようじんぶか》さも、そなえていた。

しかし、政宗《まさむね》には、義重《よししげ》を倒《たお》す自信《じしん》があった。

「何度《なんど》か戦《たたか》ったが、佐竹《さたけ》はうわさほどの名将《めいしょう》ではない。北条氏直《ほうじょううじなお》が背後《はいご》を突《つ》いてくれれば、佐竹《さたけ》など、すぐに攻《せ》めつぶせる。伊達《だて》百万石《まんごく》に、佐竹《さたけ》五十四万石《まんごく》の領土《りょうど》をくわえれば、もはや、おそれるものなどない。奥羽《おうう》から関東《かんとう》へ馬《うま》を進《すす》め、伊達《だて》の強《つよ》さを見《み》せつけてやる。」

それが政宗《まさむね》の描《えが》いていた絵図《えず》だった。しかし、そのもくろみに、関白《かんぱく》の秀吉《ひでよし》が立《た》ちはだかった。「惣無事令《そうぶじれい》」を無視《むし》して、蘆名《あしな》を攻《せ》めほろぼした政宗《まさむね》に、秀吉《ひでよし》ははげしく怒《おこ》った。

「伊達《だて》め。よくも、わしの命令《めいれい》を無視《むし》したな。」

秀吉《ひでよし》は政宗《まさむね》のもとに、使者《ししゃ》を送《おく》った。

——ただちに上洛《じょうらく》(京《きょう》にのぼること)して、なぜ蘆名《あしな》を討《う》ったのか、釈明《しゃくめい》せよ。

しかし、政宗《まさむね》には、上洛《じょうらく》する気《き》はなかった。それでも用心《ようじん》のため、秀吉《ひでよし》からの使者《ししゃ》と文《ふみ》が届《とど》く前《まえ》に、家臣《かしん》を上洛《じょうらく》させて、秀吉《ひでよし》の臣下《しんか》である前田利家《まえだとしいえ》らに、事情《じじょう》を説明《せつめい》させた。

「伊達家《だてけ》は先祖代々《せんぞだいだい》、奥羽《おうう》五十四郡《ぐん》の探題《たんだい》(幕府《ばくふ》からあたえられた要職《ようしょく》)で、国内《こくない》の反乱《はんらん》に対応《たいおう》しなくてはなりません。蘆名《あしな》は南奥羽《みなみおうう》の豪族《ごうぞく》を集《あつ》め、伊達《だて》をほろぼそうとしたので、やむをえず討《う》ちはたしました。」

とりあえず、そのように弁解《べんかい》しながら、政宗《まさむね》は、いつ佐竹《さたけ》を攻《せ》めるかと機会《きかい》をねらった。

しかし、天正《てんしょう》十七年《ねん》(一五八九年《ねん》)に北条氏《ほうじょうし》討伐《とうばつ》の朱印状《しゅいんじょう》を発《はっ》していた秀吉《ひでよし》は、あくる天正《てんしょう》十八年《ねん》の一月《がつ》、政宗《まさむね》に命《めい》じた。

——小田原征伐《おだわらせいばつ》に、参陣《さんじん》せよ。

つね日《ひ》ごろから、よしみを通《つう》じていた徳川家康《とくがわいえやす》、前田利家《まえだとしいえ》、浅野長吉《あさのながよし》らも、政宗《まさむね》のもとに文《ふみ》を届《とど》けてきた。

――関白《かんぱく》の命令《めいれい》にしたがい、小田原《おだわら》に一刻《いっこく》も早《はや》く参陣《さんじん》するように。

小田原征伐《おだわらせいばつ》か……。政宗《まさむね》はじっくりと考《かんが》えた。

「関東管領《かんとうかんれい》」の北条家《ほうじょうけ》は、二百万石《まんごく》を超《こ》える大大名《だいだいみょう》で、五万《まん》六千の兵《へい》を持《も》つ。蘆名《あしな》や佐竹《さたけ》などとは比《くら》べものにならない。小田原城《おだわらじょう》は、上杉謙信《うえすぎけんしん》や武田信玄《たけだしんげん》さえもはねつけた関東屈《かんとうくっ》指《し》の名城《めいじょう》だ。秀吉《ひでよし》も、簡単《かんたん》に攻《せ》め落《お》とすことはできないだろう……。

「秀吉《ひでよし》につくか？　北条《ほうじょう》につくか？」

政宗《まさむね》は、けんめいに形勢《けいせい》を読《よ》もうとした。いずれにせよ、小田原攻《おだわらぜ》めは長引《ながび》く。様子《ようす》を見《み》ながら、どうするかを決《き》めても遅《おそ》くはない。どちらについてもいいようにしておいて、いざとなれば、北条《ほうじょう》についてもよい。そうすれば秀吉軍《ひでよしぐん》をしりぞけることができよう……。

だが、政宗《まさむね》の読《よ》みは大《おお》きくはずれた。秀吉軍《ひでよしぐん》の行動《こうどう》が予想以上《よそういじょう》にすばやかったのだ。二月《がつ》には、秀吉《ひでよし》にしたがう武将《ぶしょう》たちが、進軍《しんぐん》を始《はじ》めた。その数《かず》は、海陸《かいりく》あわせて二十二万《まん》もの大軍《たいぐん》となった。秀吉自身《ひでよしじしん》も三月一日《がっついたち》に京都《きょうと》から出陣《しゅつじん》したという知《し》らせが、政宗《まさむね》のもとに届《とど》いた。

「なんと、二十二万《まん》か！」

政宗《まさむね》はうなった。これまで何度《なんど》もいくさをしてきたが、そのような大軍勢《だいぐんぜい》はいまだかつて見《み》たことがなかった。この事態《じたい》にどう対処《たいしょ》するべきか。伊達《だて》の家中《かちゅう》はゆれた。

「このさい、北条《ほうじょう》と組《く》んで、秀吉軍《ひでよしぐん》と戦《たたか》うべきだ。」

「いや、秀吉《ひでよし》は二十二万《まん》の大軍《たいぐん》をひきいている。秀吉《ひでよし》と争《あらそ》えば、伊達《だて》がつぶされる。」

家中《かちゅう》の意見《いけん》は、まっぷたつに割《わ》れた。

「なんの、大軍《たいぐん》とは名《な》ばかり、寄《よ》せ集《あつ》めだ。成《な》り上《あ》がり者《もの》の秀吉《ひでよし》などに、ひざを屈《くっ》してなるものか。われらは北条《ほうじょう》とともに戦《たたか》い、東北武士《とうほくぶし》の意地《いじ》を見《み》せつけてやる。」

武勇自慢《ぶゆうじまん》の伊達成実《だてしげざね》は、当然《とうぜん》のように戦《たたか》うことを主張《しゅちょう》した。

さて、どうするべきか？　政宗《まさむね》は知恵者《ちえしゃ》の小十郎《こじゅうろう》を見《み》やった。このようなときこそ、小《こ》十郎《じゅうろう》の意見《いけん》が聞《き》きたかった。しかし、小十郎《こじゅうろう》は沈黙《ちんもく》を守《まも》って、発言《はつげん》しようとしなかった。

その夜《よ》、政宗《まさむね》はひそかに小十郎《こじゅうろう》の屋敷《やしき》をたずねた。

「このたびのこと、どう思《おも》う、小十郎《こじゅうろう》？」

小十郎《こじゅうろう》は右手《みぎて》でなにかを追《お》いはらうしぐさをして、ものやわらかな口調《くちょう》で言《い》った。

「なにしろ、あれは夏《なつ》の蠅《はえ》です。」

「夏《なつ》の蠅《はえ》？」

政宗《まさむね》は、けげんな顔《かお》で、たずねた。

「そうです。」小十郎《こじゅうろう》は言《い》った。「夏《なつ》の蠅《はえ》は、じつに、しつこい。追《お》いはらっても、追《お》いはらっても、やってくるでしょう。」

「そうか。」政宗《まさむね》は笑《わら》いながら、言《い》った。「関白《かんぱく》は、夏《なつ》の蠅《はえ》か？」

小十郎《こじゅうろう》はうなずいた。

「夏《なつ》の蠅《はえ》か……。」政宗《まさむね》は思《おも》った。「たしかに一度《いちど》や二度《にど》追《お》いはらっても、あくまで天下《てんか》をねらう秀吉《ひでよし》はあきらめるまい。こりずに軍勢《ぐんぜい》を整《ととの》え、何度《なんど》もやってくるだろう……。」

あくる日《ひ》、政宗《まさむね》は家臣《かしん》たちに言《い》いわたした。

「みなの者《もの》、われらは小田原《おだわら》に参陣《さんじん》するぞ。夏《なつ》の蠅《はえ》はしつこい。一度《ど》はしりぞけても、こりずに、また、やってくるだろうからな。」

四月三日《がつみっか》。秀吉軍《ひでよしぐん》は、北条氏直《ほうじょううじなお》の小田原城《おだわらじょう》を取《と》り囲《かこ》んだ。もはや、ぐずぐずしてはいられなかった。参陣《さんじん》がおくれればおくれるほど、秀吉《ひでよし》の怒《いか》りを買《か》ってしまうからだ。

「よし、出陣《しゅつじん》するぞ。」

政宗《まさむね》は、四月六日《がつむいか》に出陣《しゅつじん》すると決《き》めた。

「もしかすると、秀吉《ひでよし》はおくれをとがめ、おれを殺《ころ》そうとするかも知《し》れない。ええい、そのときはそのときだ。おれは簡単《かんたん》に殺《ころ》されたりしない。」

五日《いつか》の夕《ゆう》べ、ともに黒川城《くろかわじょう》に住《す》むようになっていた母《はは》の保春院《ほしゅんいん》から、送別《そうべつ》のうたげに招《まね》かれた。

「このたびの母上《ははうえ》のお招《まね》き、ありがとうございます。」

日《ひ》ごろ疎遠《そえん》になっていた母《はは》の住《す》む西《にし》の館《やかた》に行《い》くと、政宗《まさむね》はあいさつした。保春院《ほしゅんいん》はにこやかに言《い》った。

「政宗《まさむね》、小田原《おだわら》への道中《どうちゅう》、くれぐれも気《き》をつけておくれ。さ、母《はは》の心《こころ》づくしの料理《りょうり》です。

えんりょなく、食《た》べるがよい。」

しかし、そのうたげは罠《わな》だった。保春院《ほしゅんいん》は兄《あに》の最上義光《もがみよしあき》にそそのかされ、政宗《まさむね》を毒殺《どくさつ》しようとしていたのだ。

「お義《よし》よ。政宗《まさむね》は蘆名《あしな》を攻《せ》めたことで、秀吉《ひでよし》の怒《いか》りを買《か》っている。政宗《まさむね》を討《う》て。次男《じなん》の小《こ》次郎《じろう》（竺丸《じくまる》）に、あとをつがせれば、秀吉《ひでよし》もきげんをなおし、伊達《だて》をつぶすまい。」

義光《よしあき》にそう説得《せっとく》され、料理《りょうり》に毒《どく》を入《い》れたのだ。そうしたことを知《し》らず、政宗《まさむね》はきげんよく酒《さけ》を飲《の》み、母《はは》の料理《りょうり》を食《た》べた。そのうちに突然《とつぜん》、はげしい腹痛《ふくつう》をおぼえた。

これは、まさか？　痛《いた》みをこらえ、母《はは》を見《み》た。保春院《ほしゅんいん》は真《ま》っ青《さお》な顔《かお》で、政宗《まさむね》を見《み》た。

「母上《ははうえ》、もしや、わたしに毒《どく》を盛《も》られたのか？」

政宗《まさむね》が言《い》うと、保春院《ほしゅんいん》はしぼりだすような声《こえ》で言《い》った。

「ゆるしておくれ、政宗《まさむね》。こうしなければ、伊達《だて》がほろびるのです。」

「おろかなっ！」

政宗《まさむね》はさけび、食《た》べたものを、ガッと吐《は》き出《だ》した。側近《そっきん》にかかえられ、屋敷《やしき》にもどり、毒消《どくけ》しの撥毒丸《はつどくがん》をのんで、なんとか一命《いちめい》はとりとめた。

それでも、二日間《ふつかかん》、政宗《まさむね》は床《とこ》にふせった。

「ゆるさない。」

政宗《まさむね》の怒《いか》りはすさまじかった。


四月七日《がつなのか》、小雨《こさめ》がふっていた。政宗《まさむね》は弟《おとうと》の小次郎《こじろう》を呼《よ》びだした。小次郎《こじろう》は政宗《まさむね》の前《まえ》で正座《せいざ》し、ていねいにあいさつをした。

「兄上《あにうえ》、小田原《おだわら》への旅《たび》、つつがなく行《い》かれますように。」

「うむ。」

政宗《まさむね》は、一瞬《いっしゅん》、ためらった。そうしなければ、ならないのか？　おろかな、ここまで来《き》て、なにをためらっているのだ。そうしなければ、ならないのだ。政宗《まさむね》はみずからに、そう言《い》い聞《き》かせると、太刀《たち》をぬきはらい、「ゆるせっ。」とさけんで、小次郎《こじろう》を斬《き》った。

「兄上《あにうえ》っ……。」

さけぶ小次郎《こじろう》に、政宗《まさむね》は涙《なみだ》を流《なが》して言《い》った。

「小次郎《こじろう》、ゆるせ。そなたに罪《つみ》はない。だが、そなたがいるかぎり、不穏《ふおん》な動《うご》きをする者《もの》がいるのだ。」
その場《ば》で、小次郎《こじろう》は絶命《ぜつめい》した。
小次郎《こじろう》が斬《き》られた夜《よる》、保春院《ほしゅんいん》は黒川城《くろかわじょう》をぬけだし、兄《あに》の最上義光《もがみよしあき》のもとへ逃《に》げた。

第《だい》十五章《しょう》　死《し》に装束《しょうぞく》で、秀吉《ひでよし》に会《あ》う

母《はは》の毒殺計画《どくさつけいかく》で、政宗《まさむね》の出陣《しゅつじん》はおくれた。

四月《がつ》十五日《にち》、政宗《まさむね》は黒川城《くろかわじょう》を出発《しゅっぱつ》した。しかし、しばらく行《い》ったあと、北条領内《ほうじょうりょうない》が通過《つうか》できないことを知《し》り、城《しろ》へもどった。五月九日《がつここのか》、小十郎《こじゅうろう》ら、わずか百騎《き》をひき連《つ》れて、ふたたび城《しろ》を出《で》た。米沢《よねざわ》に立《た》ち寄《よ》り、北条領《ほうじょうりょう》をさけて、小国《おぐに》、越後《えちご》、信濃《しなの》、甲斐《かい》と、遠回《とおまわ》りをして、六月五日《がついつか》に、小田原《おだわら》に着《つ》いた。

秀吉《ひでよし》の出陣命令《しゅつじんめいれい》から半年《はんとし》がたっていたうえ、小田原城《おだわらじょう》はもはや落城寸前《らくじょうすんぜん》だった。

「なに、政宗《まさむね》が？」秀吉《ひでよし》は、おくれにおくれた政宗《まさむね》に、怒《おこ》った。「会《あ》わぬ。閉《と》じこめておけ。」

秀吉《ひでよし》の命令《めいれい》で、政宗一行《まさむねいっこう》は、箱根山中《はこねさんちゅう》の底倉《そこくら》という地《ち》に押《お》しこめられた。そこは山《やま》にかこまれ、すりばち状《じょう》の低地《ていち》だった。

「やはり無理《むり》だったか。切腹《せっぷく》を命《めい》じられるかも知《し》れない。」そう思《おも》いながらも、政宗《まさむね》はあきらめてはいなかった。「おれは死《し》なないぞ。この窮地《きゅうち》を、なんとしても、きりぬける。なんのために、父《ちち》を犠牲《ぎせい》にし、弟《おとうと》を殺《ころ》し、母《はは》を追《お》いはらったのか。こんなところで、腹《はら》を切《き》るためではない。すべては、天下《てんか》をとるためだったのだ……。」

小田原参陣《おだわらさんじん》を進言《しんげん》した小十郎《こじゅうろう》は、責任《せきにん》を痛感《つうかん》し、政宗《まさむね》に言《い》った。

「殿《との》。もうしわけございません。けれど、もしも関白《かんぱく》に死《し》を命《めい》じられたなら、かなわないまでも、斬《き》り死《じ》にをいたしましょう。」

政宗《まさむね》は首《くび》をふって言《い》った。

「小十郎《こじゅうろう》、めったなことを言《い》うな。」

二日後《ふつかご》、秀吉《ひでよし》は政宗《まさむね》のもとへ詰問使《きつもんつか》いをつかわした。前田利家《まえだとしいえ》、浅野長吉《あさのながよし》、施薬院全宗《せやくいんぜんそう》ら五人《にん》が、政宗《まさむね》を問《と》いつめた。

――なぜ、参陣《さんじん》がこんなにおくれたのか。

――蘆名氏《あしなし》を討伐《とうばつ》したのは、どういうわけか。

――親戚関係《しんせきかんけい》にある豪族《ごうぞく》たちと、なぜ、いくさをするのか。

政宗《まさむね》は、それらひとつひとつに対《たい》して、よどみなく釈明《しゃくめい》した。

「参陣《さんじん》のおくれは、まわりの国《くに》からいつ攻《せ》められるか、わからなかったからです。蘆名氏《あしなし》を討伐《とうばつ》したのは、父《ちち》の輝宗《てるむね》のかたきを討《う》とうと、二本松城《にほんまつじょう》攻《ぜ》めから始《はじ》まったものです。最上氏《もがみし》との争《あらそ》いは、家臣《かしん》のむほんが原因《げんいん》であり、相馬氏《そうまし》との争《あらそ》いは、相馬義胤《そうまよしたね》がわたしの舅《しゅうと》の三春城《みはるじょう》をうばおうとしたからです……。」

詰問使《きつもんつか》いたちは、政宗《まさむね》の整然《せいぜん》とした答《こた》えに、深《ふか》くうなずいた。もともと政宗《まさむね》は、前田利家《まえだとしいえ》や浅野長吉《あさのながよし》らに、日《ひ》ごろから、馬《うま》などの贈《おく》り物《もの》を届《とど》けていた。そのため、詰問使《きつもんつか》いたちは、政宗《まさむね》に好意的《こういてき》だった。

さらに政宗《まさむね》は、こう述《の》べた。

「このたびは、千利休《せんのりきゅう》さまも来《こ》られているとのこと。政宗《まさむね》も、茶《ちゃ》の湯《ゆ》の教《おし》えをうかがいたいと、関白《かんぱく》さまに、ぜひお伝《つた》えください。」

これは小十郎《こじゅうろう》がさずけた策《さく》だった。――関白《かんぱく》は、千利休《せんのりきゅう》さまの茶道《さどう》に深《ふか》くうちこんでおられます。殿《との》が利休《りきゅう》さまの茶道《さどう》の伝授《でんじゅ》を願《ねが》えば、殿《との》にたいする関白《かんぱく》の心証《しんしょう》は良《よ》くなりましょう。

「ほう、利休《りきゅう》どのに茶《ちゃ》の教《おし》えを乞《こ》いたいとは、風流《ふうりゅう》なことを。」前田利家《まえだとしいえ》は微笑《びしょう》してうなずいた。「伊達《だて》どのの願《ねが》い、関白《かんぱく》にお伝《つた》えしよう。」

秀吉《ひでよし》は、それを聞《き》くと、ふふっと笑《わら》った。

「さようか。政宗《まさむね》め、利休《りきゅう》に茶《ちゃ》を習《なら》いたいと言《い》ったか。」

「ははっ。たしかに、そう申《もう》しました。」

前田利家《まえだとしいえ》はうなずいた。

「さても田舎大名《いなかだいみょう》ながら、風雅《ふうが》なやつよ。」秀吉《ひでよし》は笑《わら》いながら言《い》った。「死《し》を命《めい》じられるかも知《し》れないときに、天下《てんか》の利休《りきゅう》に、茶《ちゃ》を学《まな》びたいとは、な。」

茶《ちゃ》の湯《ゆ》が好《す》きな秀吉《ひでよし》は、政宗《まさむね》の願《ねが》いを聞《き》いて、きげんをなおした。政宗《まさむね》に対《たい》する怒《いか》りがとけ、「若《わか》いが、なかなかの武将《ぶしょう》かもしれない。」と見直《みなお》したのだ。

このとき五十四歳《さい》の秀吉《ひでよし》は、二十四歳《さい》の政宗《まさむね》に、興味《きょうみ》を抱《いだ》いた。ここはひとつ、奥羽《おうう》の暴《あば》れ馬《うま》を殺《ころ》すのではなく、手《て》なずけてみるか……。

「それでは、政宗《まさむね》をおゆるしになられるのですか？」

利家《としいえ》の問《と》いに、秀吉《ひでよし》は言《い》った。

「蘆名《あしな》から切《き》り取《と》ったなかで、会津《あいづ》、岩瀬《いわせ》、安積《あさか》の三郡《ぐん》は、没収《ぼっしゅう》する。だが、それ以前《いぜん》の領地《りょうち》は、政宗《まさむね》に安堵《あんど》してやる。」

それから二日《ふつか》たった、六月九日《がつここのか》。

政宗《まさむね》は、石垣山《いしがきやま》の陣営《じんえい》で、秀吉《ひでよし》との対面《たいめん》をゆるされた。秀吉《ひでよし》のまわりには、徳川家康《とくがわいえやす》や前田利家《まえだとしいえ》らの大名《だいみょう》がならんでいたが、彼《かれ》らは、政宗《まさむね》の姿《すがた》におどろいた。

「なんと、死《し》に装束《しょうぞく》ではないか。」

政宗《まさむね》は、髪《かみ》を水引《みずひき》でむすび、全身《ぜんしん》、真《ま》っ白《しろ》な衣《ころも》をまとっていた。まさしくそれは腹《はら》を切《き》るときの「死《し》に装束《しょうぞく》」姿《すがた》だった。大名《だいみょう》たちが息《いき》をのんでいると、秀吉《ひでよし》が声《こえ》をかけた。

「これ、政宗《まさむね》。」秀吉《ひでよし》は、手《て》にした杖《つえ》の先《さき》で地面《じめん》をさして、命《めい》じた。「これへ、これへ。」

政宗《まさむね》は前《まえ》に進《すす》み出《で》た。このとき、脇差《わきざし》を、秀吉《ひでよし》の右筆《ゆうひつ》（書記《しょき》）である和久宗是《わくそうぜ》にわたした。秀吉《ひでよし》にうやうやしく近《ちか》づき、ひざまずいた。

「さても、その方《ほう》は。」秀吉《ひでよし》は、杖《つえ》で政宗《まさむね》の首《くび》をつきながら、言《い》った。「愛《う》いやつだ。若《わか》

いのに、いい時分《じぶん》を心得《こころえ》てやって来《き》たな。いますこし、遅《おそ》く来《き》たなら、ここがあぶなかったぞ。」

よし、生《い》きのびたぞ。政宗《まさむね》は思《おも》った。もう一日遅《にちおそ》かったら、首《くび》が飛《と》んでいたかもしれなかったが、おれは運《うん》が強《つよ》い。小田原《おだわら》がまだ落《お》ちないうちに、参陣《さんじん》できたのだから、な。

「まいれ、政宗《まさむね》。」

秀吉《ひでよし》は、政宗《まさむね》を山《やま》の頂《いただき》へ連《つ》れて行《い》き、小田原城《おだわらじょう》が十重二十重《とえはたえ》にかこまれているありさまを見《み》せた。

「どうだ、政宗《まさむね》。」秀吉《ひでよし》は言《い》った。「これほどの大軍《たいぐん》、見《み》たことはあるまい。」

政宗《まさむね》はうなった。二十二万《まん》の大軍《たいぐん》が、上杉謙信《うえすぎけんしん》や武田信玄《たけだしんげん》さえも攻《せ》め落《お》とせなかった小田原城《おだわらじょう》を、びっしりと、蟻《あり》のはいでるすきまもないほど取《と》り囲《かこ》んでいるのだ。

天下人《てんかびと》とは、これほどまでも力《ちから》があるのか。感嘆《かんたん》すると同時《どうじ》に、政宗《まさむね》は心《こころ》の底《そこ》で思《おも》った。

(負《ま》けるものか。いずれ、おれも天下人《てんかびと》となり、これ以上《いじょう》の大軍《たいぐん》を動《うご》かしてみせる……。)

あくる十日《とおか》。秀吉《ひでよし》は、政宗《まさむね》を茶《ちゃ》の湯《ゆ》の席《せき》に招《まね》いた。そして、手《て》ずから茶《ちゃ》をたてて、政宗《まさむね》にのませた。

「政宗《まさむね》。」秀吉《ひでよし》は言《い》った。「どうだ、わしの茶《ちゃ》は。」

「ははっ、関白《かんぱく》さまのおたてになった、まことに滋味深《じみぶか》い茶《ちゃ》をいただき、政宗《まさむね》、これに勝《まさ》るよろこびはございません。」

「滋味深《じみぶか》い茶《ちゃ》、か。うまいことを言《い》う。」

秀吉《ひでよし》はきげん良《よ》く笑《わら》い、政宗《まさむね》に、名刀《めいとう》をあたえた。


——蘆名《あしな》の旧領《きゅうりょう》は返上《へんじょう》しろ。そのほかの伊達領《だてりょう》は、そのままとする。

秀吉《ひでよし》の仕置《しおき》を聞《き》いて、政宗《まさむね》はなかばほっとし、なかばくやしい思《おも》いを抱《いだ》いた。

「われらが血《ち》を流《なが》して、蘆名《あしな》からうばいとった地《ち》を、むざむざ取《と》りあげられてしまったか。百万石《まんごく》の領土《りょうど》が、七十万石《まんごく》に減《へ》らされたのだ。しかし、これですんだと思《おも》えば、よい。いずれ、そっくりうばいかえしてやる……。」

帰国《きこく》をゆるされた政宗《まさむね》は、十四日《か》に小田原《おだわら》を発《はっ》して、二十五日《にち》に黒川城《くろかわじょう》へ着《つ》いた。秀吉《ひでよし》が送《おく》りこんだ木村清久《きむらきよひさ》と浅野正勝《あさのまさかつ》に、黒川城《くろかわじょう》をあけわたして、米沢城《よねざわじょう》へもどった。

第《だい》十六章《しょう》　黄金《おうごん》の十字架《じゅうじか》

七月五日《がついつか》、小田原城《おだわらじょう》が陥落《かんらく》した。

秀吉《ひでよし》は、新《あら》たに勢力下《せいりょくか》に入《はい》った奥羽《おうう》を検地《けんち》するため、会津《あいづ》へ向《む》かった。八月九日《がつここのか》、黒川《くろかわ》城《じょう》に入《はい》ると、秀吉《ひでよし》は、奥羽《おうう》の大名《だいみょう》たちの仕置《しおき》を発表《はっぴょう》した。

「小田原《おだわら》攻《ぜ》めに参陣《さんじん》しなかった、陸奥《むつ》の大崎義隆《おおさきよしたか》や葛西晴信《かさいはるのぶ》、仙道《せんどう》の白川義親《しらかわよしちか》、石川昭《いしかわあき》光《みつ》、田村宗顕《たむらむねあき》らの領地《りょうち》は、すべて没収《ぼっしゅう》する。」

奥羽《おうう》の大名《だいみょう》たちは、ぼうぜんとなった。北条《ほうじょう》の力《ちから》を信《しん》じて、関白秀吉《かんぱくひでよし》の力《ちから》をあまく見《み》ていたのが、災《わざわ》いとなったのだ。命《いのち》だけはとられずにすんだが、それぞれの領土《りょうど》をうばわれて、家臣《かしん》もろとも、身《み》の置《お》きどころがなくなったのである。

秀吉《ひでよし》は、伊勢《いせ》（三重県中北部《みえけんちゅうほくぶ》）の蒲生氏郷《がもううじさと》を、会津《あいづ》へ移《うつ》し、あわせて八十万石《まんごく》の領地《りょうち》をあたえた。あきらかに、伊達《だて》七十万石《まんごく》に対《たい》してのお目付《めつ》け役《やく》だった。

さらに秀吉《ひでよし》は、大崎《おおさき》と葛西《かさい》の領地《りょうち》十二郡《ぐん》、あわせて三十万石《まんごく》を、木村吉清《きむらよしきよ》・清久《きよひさ》父子《ふし》にあたえた。木村吉清《きむらよしきよ》はもともと明智光秀《あけちみつひで》の家臣《かしん》だったが、小田原《おだわら》攻《ぜ》めのころは五千石《ごく》、三百騎《き》の侍大将《さむらいだいしょう》として、秀吉《ひでよし》にかかえられていた。

「なんと、五千石《ごく》の大将《たいしょう》が、三十万石《まんごく》の大名《だいみょう》となったぞ。」

木村父子《きむらふし》は思《おも》いがけない出世《しゅっせ》によろこび、三十万石《まんごく》の大名《だいみょう》にふさわしい陣容《じんよう》を整《ととの》えようと、上方《かみがた》から家臣《かしん》たちを呼《よ》び集《あつ》めた。しかし、寄《よ》せ集《あつ》めの家臣《かしん》は質《しつ》が悪《わる》く、むやみにいばりちらし、農民《のうみん》や商人《しょうにん》の家《いえ》に押《お》し入《い》ったり、ものを強奪《ごうだつ》したり、女性《じょせい》に暴行《ぼうこう》をはたらいたりした。

主家《しゅか》をつぶされ、領地《りょうち》を取《と》り上《あ》げられた大崎《おおさき》と葛西《かさい》の地侍《じざむらい》は、木村父子《きむらふし》に反発《はんぱつ》した。

「やつら、がまんならない。秀吉《ひでよし》の力《ちから》をかさにきて、悪《わる》さをするとは。」

一揆《いっき》が起《お》きれば、領土《りょうど》をふやす、いい機会《きかい》になるぞ……。そう考《かんが》えた政宗《まさむね》は、一揆《いっき》の後《あと》おしをするようにと、ひそかに家臣《かしん》たちに文《ふみ》を送《おく》った。

秀吉《ひでよし》は、「一揆《いっき》が起《お》きたら、蒲生氏郷《がもううじさと》が、政宗《まさむね》を先鋒《せんぽう》にして、一揆《いっき》を鎮圧《ちんあつ》せよ。」と命《めい》じていたが、政宗《まさむね》には、もくろみがあった。

「一揆《いっき》が起《お》きれば、おれが鎮圧《ちんあつ》する。一揆《いっき》の責任《せきにん》をとらされ、木村父子《きむらふし》は改易《かいえき》され、大《おお》崎《さき》・葛西《かさい》の地《ち》は、おれにまかされるだろう……。」

政宗《まさむね》のもくろみどおり、十月《がつ》なかば、木村父子《きむらふし》に反発《はんぱつ》し、大崎《おおさき》と葛西《かさい》の地《ち》で、一揆《いっき》が起《お》きた。つぎつぎと城《しろ》を落《お》としていく、すさまじい勢《いきお》いに、木村父子《きむらふし》は佐沼城《さぬまじょう》にたてこもり、助《たす》けをもとめた。その知《し》らせは、蒲生氏郷《がもううじさと》と、政宗《まさむね》のもとへ伝《つた》えられた。

「よし。ついに、一揆《いっき》が起《お》きたか。」

政宗《まさむね》は、二十六日《にち》に米沢城《よねざわじょう》を出《で》た。氏郷《うじさと》は、二十九日《にち》に若松城《わかまつじょう》（黒川城《くろかわじょう》を改名《かいめい》）を出《で》ようとしたが、大雪《おおゆき》となり、ようやく十一月五日《がついつか》に出陣《しゅつじん》し、吹雪《ふぶき》になやまされながら進軍《しんぐん》し、十四日に、黒川郡《くろかわぐん》の下草城《しもくさじょう》に着《つ》いた。

「さて、一揆《いっき》をどう鎮《しず》めるか。」

政宗《まさむね》と氏郷《うじさと》は話《はな》し合《あ》い、十六日《にち》に進撃《しんげき》することを決《き》めた。ところが、十五日《にち》の深夜《しんや》のこと、日《ひ》ごろから政宗《まさむね》に軽《かろ》んじられているのをうらんでいた家臣《かしん》の須田伯耆《すだほうき》が、ひそかに氏《うじ》郷《さと》をおとずれた。

「氏郷《うじさと》さま。一揆《いっき》の首謀者《しゅぼうしゃ》は、だれあろう、政宗《まさむね》です。そればかりか、明日《あす》、政宗《まさむね》は氏郷《うじさと》さまを暗殺《あんさつ》しようとしております。」

その証拠《しょうこ》として、伯耆《ほうき》は、一通《つう》の文《ふみ》をさし出《だ》した。それは一揆《いっき》をあおっている、政宗《まさむね》みずからが書《か》いた文《ふみ》だった。

「まさか、政宗《まさむね》が。」

氏郷《うじさと》はうろたえた。もしも政宗《まさむね》が裏《うら》で一揆《いっき》の糸《いと》をひいているのなら、ぐずぐずしてはいられない。氏郷《うじさと》は、夜中《よなか》に名生城《みょうじょう》に向《む》かい、一揆勢《いっきぜい》を追《お》いだして、たてこもった。

「なに、氏郷《うじさと》が名生城《みょうじょう》に？」

政宗《まさむね》は、仕方《しかた》なく単独《たんどく》で、一揆《いっき》の鎮圧《ちんあつ》に向《む》かった。ただちに、一揆勢《いっきぜい》が支配《しはい》していた城《しろ》を、つぎつぎに攻《せ》め落《お》とした。二十四日《か》には、佐沼城《さぬまじょう》で助《たす》けを待《ま》っていた木村父子《きむらふし》をすくいだした。

同《おな》じ二十四日《か》、名生城《みょうじょう》にたてこもっていた氏郷《うじさと》は、秀吉《ひでよし》に急使《きゅうし》を送《おく》った。

――政宗《まさむね》に、むほんの心《こころ》あり。

しかし、政宗《まさむね》が、佐沼城《さぬまじょう》に逃《に》げていた木村父子《きむらふし》をすくいだした事実《じじつ》を知《し》ると、氏郷《うじさと》は、

「待《ま》てよ。もしかしたら、政宗《まさむね》を誤解《ごかい》していたかもしれないぞ……。」と、考《かんが》えを変《か》えた。

そこで二十六日《にち》、秀吉《ひでよし》にあて、ふたたび文《ふみ》を送《おく》った。

——政宗《まさむね》の逆心《ぎゃくしん》は、わたくしのまちがいでございました。

二十八日《にち》には、木村吉清《きむらよしきよ》と浅野正勝《あさのまさかつ》の仲立《なかだ》ちにより、氏郷《うじさと》と政宗《まさむね》は和解《わかい》した。


しかし、大坂《おおざか》ではめんどうなことになっていた。秀吉《ひでよし》は、氏郷《うじさと》からの第《だい》一報《ぽう》を受《う》け、はげしく怒《おこ》った。

「政宗《まさむね》め。小田原参陣《おだわらさんじん》のおくれをゆるしてやったのに、わしにむほんをたくらむとは。」

ただちに秀吉《ひでよし》は、甥《おい》の秀次《ひでつぐ》と徳川家康《とくがわいえやす》に、「政宗《まさむね》を討伐《とうばつ》しろ。」と命《めい》じた。だが、氏郷《うじさと》からの第《だい》二報《ほう》が届《とど》くと、怒《いか》りはやわらぎ、家康《いえやす》らの出陣《しゅつじん》を中止《ちゅうし》させた。

これで事態《じたい》は、おさまるかに見《み》えたが、そうはならなかった。


天正《てんしょう》十九年《ねん》（一五九一年《ねん》）、一月九日《がつここのか》。

米沢城《よねざわじょう》にいた政宗《まさむね》のもとに、和久宗是《わくそうぜ》から、書状《しょじょう》が届《とど》いた。

――一揆勢《いっきぜい》のこもる城《しろ》に、伊達《だて》の旗《はた》が立《た》っている、とか、人質《ひとじち》として大坂《おおざか》にいる伊達夫《だてふ》人《じん》は愛姫《めごひめ》ではなく、替《か》え玉《だま》である、とか。そうしたうわさが上方《かみがた》には流《なが》れていて、関白《かんぱく》の疑《うたが》いは晴《は》れていない。早々《そうそう》に上洛《じょうらく》して、釈明《しゃくめい》したほうがよい。

同《おな》じころ、家康《いえやす》からの文《ふみ》も届《とど》いた。

――上洛《じょうらく》して、関白《かんぱく》の疑《うたが》いを晴《は》らしたほうがよいぞ。

しかし、そうした文《ふみ》が届《とど》いても、政宗《まさむね》は、すぐに上洛《じょうらく》しようとはしなかった。

「一揆《いっき》を完全《かんぜん》に鎮圧《ちんあつ》するほうが先《さき》だ。それが最大《さいだい》の釈明《しゃくめい》になる。」

政宗《まさむね》はそう考《かんが》え、出陣《しゅつじん》しようとしていたが、一月十九日《にち》、秀吉《ひでよし》からの朱印状《しゅいんじょう》が届《とど》いた。

――一揆《いっき》の討伐《とうばつ》は後回《あとまわ》しにして、すぐに上洛《じょうらく》せよ。

やむをえない……。政宗《まさむね》は、上洛《じょうらく》を決意《けつい》した。だが、須田伯耆《すだほうき》のうったえと証拠《しょうこ》の書状《しょじょう》にたいして、秀吉《ひでよし》の疑《うたが》いを解《と》くには、どうすればいいのか。

まさか、こんなことになるとは。へたをすれば、切腹《せっぷく》。それをまぬがれても、改易《かいえき》させられるか、どこか九州《きゅうしゅう》の地《ち》に国替《くにが》えさせられるかもしれない。政宗《まさむね》は、ひたすら考《かんが》えぬいた。この危機《きき》を、どうやってきりぬけるか？

「ええい、ままよ。」政宗《まさむね》は腹《はら》を決《き》めた。「こんなこともあろうかと、手《て》は打《う》ってある。」

閏《うるう》一月《がつ》二十六日《にち》、政宗《まさむね》は、尾張《おわり》の清須城《きよすじょう》に着《つ》いた。そこに、京都《きょうと》の聚楽第《じゅらくだい》にいるはずの秀吉《ひでよし》がいた。鷹狩《たかが》りに来《き》ているということだったが、政宗《まさむね》はそうは思《おも》わなかった。

「おれがどんな顔《かお》をしているのか、早《はや》く見《み》たかったのだろう。」

二十七日《にち》、政宗《まさむね》は覚悟《かくご》を決《き》めて、秀吉《ひでよし》に謁見《えっけん》した。

「政宗《まさむね》、遠路《えんろ》はるばる、ご苦労《くろう》であった。」

意外《いがい》にも、秀吉《ひでよし》は上機嫌《じょうきげん》だった。

「ははっ。関白《かんぱく》さまのご尊顔《そんがん》をあおぎ、政宗《まさむね》、うれしいかぎりでございます。」

「さようか。」

秀吉《ひでよし》は、今度《こんど》の一揆騒《いっきさわ》ぎについて、ひとことも触《ふ》れなかった。じいっと政宗《まさむね》の顔《かお》を見《み》て、ふふっと笑《わら》って言《い》った。

「政宗《まさむね》、京《きょう》でいま一度《いちど》、顔《かお》を見《み》せよ。」

二月四日《がつよっか》、政宗《まさむね》は京《きょう》に入《はい》った。

三十騎《き》ほどの伊達《だて》の一行《いっこう》を見《み》て、京《きょう》の人々《ひとびと》は、おどろいた。

「黄金《おうごん》の十字架《じゅうじか》だ！」

「あれが、奥羽《おうう》の暴《あば》れん坊《ぼう》、伊達政宗《だてまさむね》か。」

「金《きん》のはりつけ柱《ばしら》を押《お》し立《た》てて、都《みやこ》に入《はい》ってくるとは、なんという趣向《しゅこう》だ。」

このとき政宗《まさむね》は、真《ま》っ白《しろ》な死《し》に装束《しょうぞく》をまとい、列《れつ》の先頭《せんとう》に、さんぜんと金色《こんじき》に輝《かがや》く十字《じゅうじ》架《か》を押《お》し立《た》てていたのだ。

「さあ、自分《じぶん》を殺《ころ》すなら、この黄金《おうごん》の十字架《じゅうじか》につけよ。」と言《い》わんばかりの演出《えんしゅつ》に、京《きょう》の人々《ひとびと》は、どぎもをぬかれ、「まこと、やるのう、伊達《だて》は！」と、はやしたてた。

うわさは、たちまち京《きょう》じゅうにひろまり、秀吉《ひでよし》はうわさを聞《き》いて、にやりと笑《わら》った。

「政宗《まさむね》め。味《あじ》なことをやる。」

第《だい》十七章《しょう》　鶺鴒《せきれい》の目《め》の針《はり》の穴《あな》

その日《ひ》が来《き》た。

聚楽第《じゅらくだい》の大広間《おおひろま》には、上座《かみざ》に秀吉《ひでよし》がすわり、徳川家康《とくがわいえやす》や前田利家《まえだとしいえ》らの大名《だいみょう》たちが列座《れつざ》していた。そこには蒲生氏郷《がもううじさと》の姿《すがた》もあった。政宗《まさむね》は秀吉《ひでよし》の前《まえ》にひれ伏《ふ》した。

「政宗《まさむね》よ。」秀吉《ひでよし》は書状《しょじょう》をひろげ、政宗《まさむね》に問《と》うた。「この文《ふみ》を見《み》よ。ここに記《しる》されている花押《かおう》（署名《しょめい》）は、そなたのものであろう。」

それは須田伯耆《すだほうき》が氏郷《うじさと》のもとへ持《も》ちこんだ文《ふみ》だった。政宗《まさむね》は、おちつきはらった顔《かお》で、文《ふみ》をながめ、すずしい声《こえ》で言《い》った。

「わたくしの文《ふみ》のようで、ございますな。」

「の、ようだ、と？」秀吉《ひでよし》は声《こえ》を荒《あら》らげた。「では、これはだれぞが、そなたの文書《ぶんしょ》をまねて作《つく》った、にせの文書《ぶんしょ》だというのか。」

政宗《まさむね》は、ゆっくりとうなずいた。

「いかにも。」

秀吉《ひでよし》は顔《かお》を真《ま》っ赤《か》にして、政宗《まさむね》をにらみつけ、近臣《きんしん》に命《めい》じた。

「これまで、政宗《まさむね》がわしにあてた文《ふみ》を、ここに持《も》て。」

近臣《きんしん》がそれを持《も》ってくると、秀吉《ひでよし》はさきの文《ふみ》とならべ、きびしい声《こえ》で問《と》いつめた。

「まったく、同《おな》じではないか。にせの文書《ぶんしょ》ではないぞ。」

政宗《まさむね》は、おちつきはらって、述《の》べた。

「それは、罪《つみ》を犯《おか》して城《しろ》から逃《に》げた右筆《ゆうひつ》（書記《しょき》）の曾根四郎助《そねしろうすけ》の書《か》いたもので、わたくしの手《て》になるものでは、ございません。それが証拠《しょうこ》に……。」政宗《まさむね》は、文《ふみ》の最後《さいご》に記《しる》された花押《かおう》を指《ゆび》さした。「この花押《かおう》には、鶺鴒《せきれい》（長《なが》い尾《お》の水鳥《みずどり》）に、目《め》がありません。」

政宗《まさむね》の花押《かおう》は、ひとにまねされないよう、鶺鴒《せきれい》を思《おも》わせる独特《どくとく》な形《かたち》をしていた。

「目《め》が、ないだと？」

秀吉《ひでよし》が言《い》うと、政宗《まさむね》は答《こた》えた。

「わたくしの文《ふみ》を、よくごらんになれば、おわかりになります。このように、針《はり》で穴《あな》があけてあります。」

政宗《まさむね》の申《もう》しひらきに、秀吉《ひでよし》も、ほかの諸侯《しょこう》たちも、唖然《あぜん》とした。

「なんだ、と？」

秀吉《ひでよし》は、これまで政宗《まさむね》から届《とど》いた文《ふみ》をたしかめて見《み》た。すると、それらには、花押《かおう》の鶺鴒《せきれい》に、すぐには気《き》づかれないほどの、小《ち》さな針《はり》の目《め》が、ぽつんとあけてあった。

「む、むうっ。」

秀吉《ひでよし》はうなった。政宗《まさむね》をあらためて見《み》やって、ふふっと笑《わら》った。

「もうよい。政宗《まさむね》、疑《うたが》いは晴《は》れた。さがってよい。」

「ははっ。」

政宗《まさむね》は頭《あたま》をさげ、広間《ひろま》から出《で》ていった。

あぶなかった。日《ひ》ごろから用心深《ようじんぶか》く、二種類《しゅるい》の花押《かおう》を使《つか》いわけていたのが、危機《きき》をすくったのだ……。しかし、関白《かんぱく》は知《し》っていた。おれが文《ふみ》を送《おく》って、一揆《いっき》を後《あと》おししたことを。それを見抜《みぬ》きながら、なぜか関白《かんぱく》はおれをゆるした……。

聚楽第《じゅらくだい》の廊下《ろうか》を歩《ある》きながら、政宗《まさむね》は、ふうっと息《いき》を吐《は》いた。あれが、関白秀吉《かんぱくひでよし》の底知《そこし》れない器《うつわ》の深《ふか》さか。政宗《まさむね》は、秀吉《ひでよし》の度量《どりょう》の大《おお》きさに舌《した》を巻《ま》くと同時《どうじ》に、自分《じぶん》の力《ちから》が、まだ秀《ひで》吉《よし》に及《およ》ばないことを感《かん》じた。

（だが、おれは負《ま》けない。おれはまだ二十五歳《さい》。秀吉《ひでよし》は五十五歳《さい》。いずれ、おれの時代《じだい》がやってくる……。）

家康《いえやす》の家臣《かしん》である井伊直政《いいなおまさ》は、聚楽第《じゅらくだい》でのやりとりを聞《き》いて、家康《いえやす》に言《い》った。

「おろかでございますな、関白《かんぱく》は。政宗《まさむね》はあきらかに一揆《いっき》に加担《かたん》していたのに、ゆるすとは。」

すると、家康《いえやす》はゆっくりと首《くび》をふった。

「知《し》っておられたのだ、関白《かんぱく》は。知《し》っていて、ゆるされたのだ。命令《めいれい》にしたがい、上洛《じょうらく》した勇気《ゆうき》と、にせの文書《ぶんしょ》だと申《もう》しひらきをした器量《きりょう》に免《めん》じて、ゆるされたのだ。」

直政《なおまさ》はおどろいた。

「そうでございましたか。」

「そうだ。」家康《いえやす》はしみじみと言《い》った。「しかし、こうしたこともあろうかと、あらかじめ二通《ふたとお》りの花押《かおう》を使《つか》いわけていたとは、政宗《まさむね》はまさしく大将《たいしょう》の器《うつわ》と言《い》えるな。」

それから数日《すうじつ》して、秀吉《ひでよし》から、政宗《まさむね》への処分《しょぶん》があった。

――大崎《おおさき》・葛西領《かさいりょう》の十二郡《ぐん》を、政宗《まさむね》にあたえる。かわりに、伊達《だて》、信夫《しのぶ》、安達《あだち》、田村《たむら》などの六郡《ぐん》を没収《ぼっしゅう》する。

この裁定《さいてい》に、政宗《まさむね》は衝撃《しょうげき》を受《う》けた。

「なにいっ！」

伊達《だて》や安達《あだち》は、伊達家《だてけ》が代々《だいだい》受《う》けついできた、大切《たいせつ》な領地《りょうち》だった。それを取《と》り上《あ》げられ、木村父子《きむらふし》が治《おさ》めきれなかった大崎《おおさき》・葛西《かさい》の地《ち》へ行《い》けと命《めい》じられたのだ。そこはまだ、一揆勢《いっきぜい》が勢力《せいりょく》をふるっているところだった。

「政宗《まさむね》よ。疑《うたが》いを晴《は》らしたかったら、自力《じりき》で、一揆《いっき》の地《ち》を切《き》り取《と》れ。」

秀吉《ひでよし》はそう命《めい》じる一方《いっぽう》で、名誉《めいよ》もさずけた。二月十二日《にち》、朝廷《ちょうてい》に奏上《そうじょう》して、政宗《まさむね》を侍従《じじゅう》に任《にん》じさせ、羽柴《はしば》の姓《せい》をあたえた。朝鮮出兵《ちょうせんしゅっぺい》を計画《けいかく》していた秀吉《ひでよし》は、政宗《まさむね》が本気《ほんき》でむほんを起《お》こすのをおそれたのだ。

五月二十日《がつはつか》。政宗《まさむね》は、米沢城《よねざわじょう》にもどった。

「あたえられた地《ち》を、わがものとしなければならない。」

一揆《いっき》を鎮圧《ちんあつ》するため、政宗《まさむね》は出陣《しゅつじん》し、六月二十五日《がつにち》に宮崎城《みやざきじょう》を落《お》とした。七月三日《がつみっか》には、一揆《いっき》の最大《さいだい》の拠点《きょてん》だった佐沼城《さぬまじょう》を攻《せ》め、籠城《ろうじょう》していた二万人《まんにん》のうち、三千人《にん》を斬《き》り殺《ころ》した。

「政宗《まさむね》は、ようしゃしないぞ。」

うわさがひろまると、一揆《いっき》は、急速《きゅうそく》にしずまった。


「ようし、政宗《まさむね》が一揆《いっき》をしずめたか。」

秀吉《ひでよし》はあらためて、政宗《まさむね》の領地《りょうち》を、大崎《おおさき》・葛西《かさい》十二郡《ぐん》をはじめ、黒川《くろかわ》、宮城《みやぎ》、名取《なとり》など、あわせて二十郡《ぐん》、五十八万石《まんごく》とさだめた。

かつては百万石《まんごく》をほこっていた伊達家《だてけ》が、まずは「惣無事令《そうぶじれい》」にそむいたとして、七十万石《まんごく》に減《へ》らされ、次《つぎ》には、一揆《いっき》に加担《かたん》していたとうたがわれ、五十八万石《まんごく》に減《へ》らされたのだ。かわりに蒲生氏郷《がもううじさと》は、伊達家《だてけ》の旧領《きゅうりょう》をあたえられ、九十二万石《まんごく》の大大名《だいだいみょう》となった。

「うぬ、氏郷《うじさと》め。秀吉《ひでよし》にとりいって、われらの領地《りょうち》をうばいとるとは。」

伊達《だて》の家臣《かしん》は怒《おこ》った。政宗《まさむね》も内心《ないしん》は腹《はら》がにえくりかえっていた。秀吉《ひでよし》の小田原《おだわら》攻《ぜ》めに参《さん》陣《じん》したときから比《くら》べると、伊達領《だてりょう》はおよそ半分《はんぶん》に減《へ》らされたのだ。しかし、家臣《かしん》の前《まえ》ではおちつきはらって、政宗《まさむね》は言《い》った。

「まあ、よい。伊達《だて》の領地《りょうち》は、とりあえず決《き》まったのだ。」

政宗《まさむね》は、虎哉和尚《こさいおしょう》のことばを思《おも》った。

——痛《いた》いときには、痛《いた》くないと言《い》え。暑《あつ》いときは、寒《さむ》いと言《い》え。大将《たいしょう》は、感情《かんじょう》を表《おもて》に出《だ》すな。

やせがまんだ。おれがくやしがっていては、家臣《かしん》の動揺《どうよう》がおさまらない。ここは気持《きも》ちをおさえ、平然《へいぜん》としていなくては。そう思《おも》いながら、政宗《まさむね》は心《こころ》の中《なか》で固《かた》く誓《ちか》った。

「いずれ氏郷《うじさと》の領地《りょうち》は、かならず、取《と》り返《かえ》してやる……。」

九月《がつ》二十三日《にち》、政宗《まさむね》は新《あたら》しい居城《きょじょう》となった、陸奥《むつ》の岩出山城《いわでやまじょう》に入《はい》った。

九月《がつ》二十五日《にち》、政宗《まさむね》に待望《たいぼう》の男子《だんし》が生《う》まれた。兵五郎《ひょうごろう》、のちの伊達秀宗《だてひでむね》であり、その母《はは》は、正室《せいしつ》の愛姫《めごひめ》ではなく、側室《そくしつ》の新造《しんぞう》の方《かた》だった。

第《だい》十八章《しょう》　朝鮮出兵《ちょうせんしゅっぺい》

天正《てんしょう》十九年《ねん》（一五九一年《ねん》）、十二月《がつ》二十八日《にち》。

秀吉《ひでよし》は、関白職《かんぱくしょく》を、甥《おい》の豊臣秀次《とよとみひでつぐ》にゆずった。側室《そくしつ》の淀君《よどぎみ》とのあいだに生《う》まれた鶴松《つるまつ》が、わずか三歳《さい》で、亡《な》くなってしまったからだった。

「もう、わしに子《こ》はできない。」

そう、あきらめたのだ。しかし、秀次《ひでつぐ》に関白《かんぱく》をゆずったあとも、秀吉《ひでよし》は太閤《たいこう》（前《さき》の関白《かんぱく》に対《たい》する尊称《そんしょう》）となって、実権《じっけん》をにぎりつづけた。鶴松《つるまつ》の死《し》の悲《かな》しみをふりはらうように、秀吉《ひでよし》は朝鮮出兵《ちょうせんしゅっぺい》を、全国《ぜんこく》の諸侯《しょこう》に命《めい》じた。

そのときの人数《にんずう》の割《わ》り当《あ》てては、四国《しこく》・九州《きゅうしゅう》の大名《だいみょう》は、一万石《まんごく》につき六百人《にん》、中国《ちゅうごく》・紀州《きしゅう》あたりは五百人《にん》、畿内《きない》は四百人《にん》、近江《おうみ》・尾張《おわり》・美濃《みの》・伊勢《いせ》は三百五十人《にん》、遠江《とおとうみ》・三河《みかわ》・駿河《が》・伊豆《いず》は三百人《にん》、それより東《ひがし》は二百人《にん》だった。

政宗《まさむね》の領土《りょうど》は五十八万石《まんごく》だったので、一万《まん》千六百人《にん》になるはずだったが、「伊達《だて》は遠国《えんごく》だから、千五百人《にん》でよい。」と、秀吉《ひでよし》は命《めい》じた。

「千五百人《にん》？」政宗《まさむね》は家臣《かしん》の前《まえ》で、首《くび》をふった。「それでは、あまりに少《すく》なすぎる。」

ここは秀吉《ひでよし》に忠誠心《ちゅうせいしん》をしめしておかねばならない。政宗《まさむね》はそう考《かんが》え、三千人《にん》をひき連《つ》れていくことにした。

天正《てんしょう》二十年《ねん》（一五九二年《ねん》）二月《がつ》十三日《にち》に、伊達勢《だてぜい》は、京《きょう》の聚楽第《じゅらくだい》に着《つ》いた。

「来《き》たか、政宗《まさむね》。待《ま》っていたぞ。」

秀吉《ひでよし》はよろこんだ。

「ははっ。伊達《だて》の精鋭《せいえい》、三千人《にん》を連《つ》れてまいりました。」

政宗《まさむね》のことばに、秀吉《ひでよし》は顔《かお》をほころばせた。

「ほう、三千人《にん》か。それは大儀《たいぎ》であったぞ、政宗《まさむね》。」

三月《がつ》十七日《にち》に、朝鮮《ちょうせん》への第《だい》一陣《じん》が肥前《ひぜん》の名護屋《なごや》（佐賀県唐津市《さがけんからつし》）に向《む》かって、京《きょう》を出発《しゅっぱつ》した。

一番《ばん》が前田利家《まえだとしいえ》。二番《ばん》が徳川家康《とくがわいえやす》。三番《ばん》が伊達政宗《だてまさむね》。四番《ばん》が佐竹義宣《さたけよしのぶ》だった。これはそのときの豊臣大名《とよとみだいみょう》の序列《じょれつ》をあらわしていた。

「伊達《だて》を、見《み》よ。」

「なんという派手《はで》な軍勢《ぐんぜい》か。」

京《きょう》の人々《ひとびと》は、出陣《しゅつじん》していく政宗《まさむね》の軍勢《ぐんぜい》にどよめき、歓声《かんせい》をあげた。

伊達軍《だてぐん》の先頭《せんとう》には、紺地《こんじ》に金《きん》の日《ひ》の丸《まる》を押《お》したのぼりが三十本連《ぼんつら》なり、それを持《も》つ足軽《あしがる》たちの具足《ぐそく》にも、金《きん》の星《ほし》が輝《かがや》いていた。

百人《にん》の鉄砲足軽《てっぽうあしがる》、五十人《にん》の弓足軽《ゆみあしがる》、百人《にん》の槍足軽《やりあしがる》も、金《きん》の星《ほし》をあしらった具足《ぐそく》で、刀《かたな》と脇差《わきざし》は銀《ぎん》と朱色《しゅいろ》にぬられていた。見物人《けんぶつにん》をうならせたのは、足軽《あしがる》の陣笠《じんがさ》だった。長《なが》さ三尺《じゃく》（約《やく》九十センチ）もあるトンガリ笠《がさ》だったのだ。

馬上《ばじょう》の三十騎《き》は、金《きん》の半月《はんげつ》をつけた黒母衣《くろほろ》を背負《せお》い、金《きん》の板《いた》を貼《は》りつけた黄金《おうごん》のし付《つ》きの太刀《たち》を帯《お》びていて、その馬《うま》に虎《とら》、豹《ひょう》、熊《くま》の皮《かわ》や、孔雀《くじゃく》の尾《お》が飾《かざ》り立《た》てられている。なかでも、ふたりの若《わか》い騎馬武者《きばむしゃ》は、一間半《けんはん》（約《やく》二メートル七十センチ）のおそろしく長《なが》い太刀《たち》を背負《せお》い、刀《かたな》が地面《じめん》に着《つ》かないよう金鎖《かなぐさり》をつけて肩《かた》につりあげ、馬《うま》の鞍《くら》に金鎖《かなぐさり》をむすんでいた。まさに、これまで京《きょう》の人々《ひとびと》が見《み》たこともない、ひとの目《め》をうばう、華麗《かれい》きわまり

ない軍勢《ぐんぜい》だった。

「さすが、伊達《だて》だのう。」

「伊達《だて》だ、伊達《だて》だ！」

一条戻橋《いちじょうもどりばし》にならんでいた見物人《けんぶつにん》たちは喚声《かんせい》をあげて、しゃれのめした伊達兵《だてへい》のよそおいを賞賛《しょうさん》した。そして、このときから、「伊達《だて》」ということばは、「伊達男《だておとこ》」「伊達姿《だてすがた》」などと使《つか》われ、粋《いき》な、かっこうのよさをあらわすことばとなったのだ。

「どうだ、われら伊達勢《だてぜい》のよそおいは。」政宗《まさむね》は満足《まんぞく》だった。「派手《はで》好きの太閤《たいこう》も、われら伊達勢《だてぜい》のうわさを聞《き》いて、よろこばれただろう。」


肥前《ひぜん》の名護屋《なごや》に着《つ》いた政宗《まさむね》は、海《うみ》をわたることなく、しばらく名護屋《なごや》の陣《じん》にとどまった。あくる文禄《ぶんろく》二年《ねん》（一五九三年《ねん》）の三月《がつ》に、伊達軍《だてぐん》は名護屋《なごや》を出発《しゅっぱつ》、四月《がつ》十三日《にち》に朝鮮《ちょうせん》の釜山《プサン》に上陸《じょうりく》した。伊達兵《だてへい》の強《つよ》さをぞんぶんに見《み》せつけて戦《たたか》ったあと、秀吉《ひでよし》の帰国命令《きこくめいれい》にしたがい、九月一日《がつついたち》に、釜山《プサン》を出帆《しゅっぱん》し、閏九月中旬《うるうがつちゅうじゅん》には京《きょう》にもどった。

「ご苦労《くろう》だったな、政宗《まさむね》。伏見《ふしみ》に、屋敷《やしき》をさずける。」

秀吉《ひでよし》から屋敷《やしき》をあたえられた政宗《まさむね》は、京《きょう》でしばらくすごした。

文禄《ぶんろく》三年《ねん》（一五九四年《ねん》）、二月《がつ》二十七日《にち》から三月一日《がっついたち》まで、秀吉《ひでよし》は吉野《よしの》（奈良県《ならけん》）の花《はな》見《み》に出《で》かけた。

「政宗《まさむね》、そなたも来《こ》い。」

政宗《まさむね》は従五位下《じゅごいげ》の侍従《じじゅう》で、官位《かんい》は低《ひく》く、年《とし》も二十八歳《さい》と若《わか》かった。それにもかかわらず、関白《かんぱく》の秀次《ひでつぐ》や、小早川秀秋《こばやかわひであき》、宇喜多秀家《うきたひでいえ》ら、秀吉《ひでよし》の親族《しんぞく》と、徳川家康《とくがわいえやす》や前田利家《まえだとしいえ》といった重鎮《じゅうちん》らと、花見《はなみ》の歌会《うたかい》に、列席《れっせき》をゆるされた。

小十郎《こじゅうろう》は言《い》った。

「殿《との》は、家康《いえやす》さま、利家《としいえ》さまに次《つ》ぐ大名《だいみょう》だと、太閤《たいこう》にみとめられたのですな。」

「うむ。」

政宗《まさむね》は気《き》を良《よ》くし、二十九日《にち》の歌会《うたかい》で、とくいの和歌《わか》をよんだ。その日《ひ》の題《だい》は「花《はな》のねがひ《い》」「不散花風《はなをちらさぬかぜ》」などであったが、いずれの題《だい》にあっても、政宗《まさむね》の歌《うた》のできばえは群《ぐん》をぬいていて、秀吉《ひでよし》をうならせた。

「政宗《まさむね》は、文武《ぶんぶ》の道《みち》にひいでているのう。」

父《ちち》の輝宗《てるむね》や虎哉和尚《こさいおしょう》により、幼《おさな》いころから教《おし》えを受《う》けていた文芸《ぶんげい》が、この花見《はなみ》の会《かい》で、みごとに花《はな》ひらいたのである。

六月《がつ》十六日《にち》、聚楽第《じゅらくだい》の屋敷《やしき》で、正室《せいしつ》の愛姫《めごひめ》に、女《おんな》の子《こ》が生《う》まれた。のぞんだ男子《だんし》ではなかったが、愛姫《めごひめ》が伊達家《だてけ》に嫁入《よめい》りしてから十五年《ねん》めに、ようやく赤子《あかご》が誕生《たんじょう》したのだ。

政宗《まさむね》はよろこび、紙《かみ》に「五郎八」と書《か》いて、愛姫《めごひめ》に見《み》せた。

「どうだ、良《よ》い名《な》だろう。」

「まあ。」愛姫《めごひめ》は顔色《かおいろ》を変《か》えた。「いやでございます。ごろうはち、などという名《な》は。」

政宗《まさむね》は笑《わら》った。

「ちがう、ちがう。これは、『いろは』と読《よ》むのだ。」

「いろは？」

政宗《まさむね》はうなずいた。

「いろは、にほへとちりぬるを……と、つぎつぎに、愛姫《めごひめ》に子《こ》が生《う》まれてくるようにとの願《ねが》いがこめられているのだ。」

「いろは姫《ひめ》、でございますか。」

それを聞《き》いて、愛姫《めごひめ》もほほえんだ。

第《だい》十九章《しょう》　秀次《ひでつぐ》のむほん

文禄四年《ぶんろくねん》（一五九五年《ねん》）、岩出山城《いわでやまじょう》にもどっていた政宗《まさむね》は、信《しん》じられない知《し》らせを聞《き》いた。関白《かんぱく》の秀次《ひでつぐ》が、太閤秀吉《たいこうひでよし》へのむほんをうたがわれているというのだ。

秀吉《ひでよし》はそれまで「豊臣《とよとみ》の天下《てんか》は秀次《ひでつぐ》がつぐ。」と、まわりに告《つ》げていた。ところが、文禄二年《ぶんろくねん》（一五九三年《ねん》）、朝鮮出兵《ちょうせんしゅっぺい》のさなか、淀君《よどぎみ》にふたたび男児《だんじ》が生《う》まれた。拾丸《ひろいまる》（のちの秀頼《ひでより》）と名《な》づけたその子《こ》をお拾《ひろ》いと呼《よ》び、秀吉《ひでよし》は溺愛《できあい》した。

「おう、おう。お拾《ひろ》い、お拾《ひろ》いよ。」

お拾《ひろ》いかわいさのあまり、秀吉《ひでよし》は関白《かんぱく》を秀次《ひでつぐ》にゆずったことを悔《く》やんだ。

「関白《かんぱく》は、お拾《ひろ》いにつがせたい。そのためには、秀次《ひでつぐ》がめざわりになる。」

秀吉《ひでよし》のそうした思《おも》いが伝《つた》わり、不安《ふあん》にかられた秀次《ひでつぐ》は、家康《いえやす》や利家《としいえ》に次《つ》ぐ実力者《じつりょくしゃ》となった一歳年上《さいとしうえ》の政宗《まさむね》を、しきりにたよるようになった。一方《いっぽう》、政宗《まさむね》も、伏見《ふしみ》に屋敷《やしき》をあたえられてから、足《あし》しげく秀次《ひでつぐ》のもとへ通《かよ》うようになっていた。秀次《ひでつぐ》とともに少数《しょうすう》の家臣《かしん》を連《つ》れ、鹿狩《しかが》りに出《で》かけることもあった。

「いずれ太閤《たいこう》は死《し》ぬ。あとをつぐ関白《かんぱく》の秀次《ひでつぐ》とよしみを通《つう》じておくのは、悪《わる》いことではない……。」政宗《まさむね》の胸《むね》には、いまだに天下《てんか》取《と》りの野望《やぼう》が燃《も》えていた。「太閤《たいこう》はあまりにも巨大《きょだい》だが、関白《かんぱく》の秀次《ひでつぐ》の代《だい》になったら、いったんは秀次《ひでつぐ》を天下人《てんかびと》の座《ざ》にすえ、それから、じっくり機会《きかい》を見《み》て……。」

そうした政宗《まさむね》の心《こころ》を知《し》ってか知《し》らずか、秀次《ひでつぐ》は政宗《まさむね》を味方《みかた》につけておこうとしていた。

「政宗《まさむね》、国《くに》へ帰《かえ》ってもよいが、長居《ながい》するなよ。早《はや》く京都《きょうと》へもどってまいれ。」

政宗《まさむね》が京都《きょうと》を離《はな》れるときには、秀次《ひでつぐ》は鞍《くら》を十口《くち》、帷子《かたびら》を二十、政宗《まさむね》にあたえ、早《はや》くもどるように、何度《なんど》も言《い》った。しかし、秀次《ひでつぐ》のそうした行動《こうどう》に、秀吉《ひでよし》の側近《そっきん》、石田三成《いしだみつなり》は目《め》を光《ひか》らせていたのだ。

「お拾《ひろ》いさまが豊臣家《とよとみけ》のあとつぎになるには、いまの関白《かんぱく》である秀次《ひでつぐ》が邪魔《じゃま》になる。淀君《よどぎみ》さまも、太閤《たいこう》さまも、そう思《おも》っておられる。」

秀次《ひでつぐ》を追《お》い落《お》とす機会《きかい》をねらっていた三成《みつなり》は、ある日《ひ》、秀吉《ひでよし》に讒言《ざんげん》（いつわりの告《つ》げ口《ぐち》）をした。

「太閤《たいこう》さま。秀次《ひでつぐ》どのが、伊達政宗《だてまさむね》ら大名《だいみょう》たちを抱《だ》きこみ、むほんをはたらこうとしております。」

「なに、秀次《ひでつぐ》が？」

秀吉《ひでよし》は怒《おこ》った。このところの秀次《ひでつぐ》の行動《こうどう》は目《め》にあまるものがあった。いつ関白職《かんぱくしょく》がうばわれるかと不安《ふあん》になった秀次《ひでつぐ》は、「わしは関白《かんぱく》だぞ。関白《かんぱく》の言《い》うことがきけないのか。」と、ささいなことで、ひとを殺《ころ》したり、正親町天皇《おおぎまちてんのう》の喪《も》に服《ふく》している最中《さいちゅう》にもかかわらず、派手《はで》な野遊《のあそ》びをしたり、比叡山《ひえいざん》の霊地《れいち》で狩《か》りをしたりと、世《よ》の落書《らくしょ》には、「殺生関白《せっしょうかんぱく》」とそしられていた。

「むほんなど、ゆるすものか。」

いずれ関白《かんぱく》の位《くらい》をはぎとろうと考《かんが》えていた秀吉《ひでよし》は、三成《みつなり》の告《つ》げ口《ぐち》を聞《き》いて、心《こころ》を決《き》めた。

七月三日《がつみっか》。秀次《ひでつぐ》は聚楽第《じゅらくだい》で、石田三成《いしだみつなり》らに、太閤《たいこう》へのむほんをくわだてているのではないかと、きびしく責《せ》められた。

「そのようなこと、くわだてているものか。わしは、叔父上《おじうえ》（太閤《たいこう》）に忠誠《ちゅうせい》をつくしている。」

秀次《ひでつぐ》はけんめいに弁明《べんめい》したが、秀吉《ひでよし》はお拾《ひろ》いのため、秀次《ひでつぐ》を斬《き》り捨《す》てることをすでに決《き》めていた。それはお拾《ひろ》いの母《はは》、淀君《よどぎみ》の願《ねが》いでもあった。

七月八日《がつようか》。秀吉《ひでよし》は秀次《ひでつぐ》に命《めい》じた。

「出家《しゅっけ》せよ。」

秀次《ひでつぐ》は真《ま》っ青《さお》になった。いつ、そうなるかと不安《ふあん》にさいなまれていたことが、とうとう現実《げんじつ》のものとなってしまったのだ。秀次《ひでつぐ》は関白職《かんぱくしょく》をはぎとられ、高野山《こうやさん》に追放《ついほう》された。追《お》い打《う》ちをかけるように、十三日《にち》、秀次《ひでつぐ》の重臣《じゅうしん》である木村常陸介《きむらひたちのすけ》が首《くび》を斬《き》られた。同《おな》じく、重臣《じゅうしん》の熊谷直之《くまがいなおゆき》が切腹《せっぷく》を命《めい》じられた。そして、十五日《にち》に秀次《ひでつぐ》にも「死罪《しざい》を申《もう》しつける。」と、太閤秀吉《たいこうひでよし》からの命令《めいれい》が届《とど》いた。

「だれも、助《たす》けに来《き》てはくれないのか。」

秀次《ひでつぐ》が関白《かんぱく》だったときには、多《おお》くの大名《だいみょう》たちが、われも、われもと頭《あたま》をさげ、きげんうかがいに来《き》ていた。ところが秀吉《ひでよし》に死罪《しざい》を申《もう》しつけられたいま、だれも助《たす》けてくれないことに、秀次《ひでつぐ》は絶望《ぜつぼう》した。

「政宗《まさむね》、おまえもわしを見捨《みす》てるのか……。」

秀次《ひでつぐ》は高野山《こうやさん》の青巌寺《せいがんじ》（現金剛峯寺《げんこんごうぶじ》）で切腹《せっぷく》した。だが、秀吉《ひでよし》の仕置《しおき》はそれだけにとどまらなかった。

八月二日《がつふつか》。秀次《ひでつぐ》の正室《せいしつ》や側室《そくしつ》、子《こ》どもをふくめ、三十九人《にん》が、京《きょう》の市中《しちゅう》を牛車《ぎっしゃ》でひきまわされたあと、三条河原《さんじょうがわら》で、ことごとく斬《き》られた。二十間《けん》（約《やく》三十六メートル）四方《しほう》の堀《ほり》をめぐらせ、具足《ぐそく》に身《み》を固《かた》めた荒《あら》くれ者《もの》たちが、つぎつぎと女子供《おんなこども》を刺《さ》し殺《ころ》し、首《くび》を打《う》ち落《お》とし、死体《したい》を投《な》げ捨《す》てるさまは、「地獄《じごく》の鬼《おに》の責《せ》めとは、こうしたものか。」と、見物人《けんぶつにん》たちをふるえあがらせた。

さらに秀吉《ひでよし》は、秀次《ひでつぐ》が住《す》んでいた聚楽第《じゅらくだい》を打《う》ち壊《こわ》して、宣告《せんこく》した。

――秀次《ひでつぐ》とつながっている大名《だいみょう》たちも同罪《どうざい》じゃ。死罪《しざい》にせよ。

秀次《ひでつぐ》の切腹《せっぷく》を聞《き》いて、政宗《まさむね》はがくぜんとなった。

「伊達《だて》も、秀次《ひでつぐ》の一味《いちみ》でございます。」

三成《みつなり》が秀吉《ひでよし》にそう告《つ》げていると聞《き》いた政宗《まさむね》は、申《もう》しひらきをするために、急《いそ》ぎ上洛《じょうらく》した。

「これで、三度《ど》めか……。」京《きょう》へ向《む》かいながら、政宗《まさむね》は、くちびるを嚙《か》んだ。「秀吉《ひでよし》には二度《ど》うたがわれ、そのつど命《いのち》の危険《きけん》を切《き》り抜《ぬ》けてきた。一度《ど》めは、小田原参陣《おだわらさんじん》におくれたときで、このときは死《し》に装束《しょうぞく》で、秀吉《ひでよし》をおどろかせて、ゆるされた。二度《ど》めは、大崎《おおさき》・葛西《かさい》の一揆《いっき》をあおったとうたがわれたときで、このときは花押《かおう》の鶺鴒《せきれい》の目《め》に、針《はり》の穴《あな》が突《つ》いていないと言《い》いのがれて、ゆるされた……。」

政宗《まさむね》は考《かんが》えた。しかし、今度《こんど》こそはあぶない。秀次《ひでつぐ》の一味《いちみ》と見《み》なされ、切腹《せっぷく》を申《もう》しつけられるかもしれない……。政宗《まさむね》は腹立《はらだ》たしくてならなかった。

(天下《てんか》をねらうおれが、こんなことで、つぶされてしまうのか。いや、おれは、つぶされない。なんとしても、おれは生《い》き残《のこ》る。だが、それには、どうすればいいのか?)

「家康《いえやす》どのなら、助《たす》けてくれるかもしれない。」

以前《いぜん》から政宗《まさむね》に好意的《こういてき》だった家康《いえやす》に、政宗《まさむね》は使者《ししゃ》をたて、助命《じょめい》を嘆願《たんがん》した。その一方《いっぽう》で、大坂《おおざか》に行《い》き、施薬院全宗《せやくいんぜんそう》をたずねた。全宗《ぜんそう》は秀吉《ひでよし》につかえる医師《いし》であり、側近《そっきん》だったが、政宗《まさむね》への詰問使《きつもんつか》いとなって取《と》り調《しら》べにあたるのを、事前《じぜん》につかんでいたからだ。

「なにとぞ、なにとぞ。」

政宗《まさむね》は自分《じぶん》には罪《つみ》がないことを、全宗《ぜんそう》に向《む》かって主張《しゅちょう》した。

「太閤《たいこう》は、伊達《だて》さまと秀次《ひでつぐ》どのの仲《なか》をうたがっておられます。伊達家《だてけ》は、兵五郎《ひょうごろう》をあとつぎにして、政宗《まさむね》は遠国《おんごく》に流《なが》してしまえなどと、申《もう》されております。」

全宗《ぜんそう》のことばに、政宗《まさむね》はため息《いき》をつき、「ええい、ままよ。」と腹《はら》をくくった。「遠国《おんごく》に流《なが》されようと、命《いのち》さえあれば、なんとかなる。太閤《たいこう》の寿命《じゅみょう》が尽《つ》きたときに、もどってくればよい……。」


大坂《おおざか》から京《きょう》にもどると、うわさが市中《しちゅう》に飛《と》んでいた。

「伊達《だて》は、太閤《たいこう》ににらまれ、切腹《せっぷく》させられるそうや。」

「関白《かんぱく》の秀次《ひでつぐ》はんと、おんなじ運命《うんめい》をたどられるんやな。」

そうしたうわさに、政宗《まさむね》は思《おも》った。——おれは切腹《せっぷく》など、だんじて、しないぞ。むざむざ殺《ころ》されたりするものか。

政宗《まさむね》のもとへ、詰問使《きつもんつか》いがやってきた。前田玄以《まえだげんい》、施薬院全宗《せやくいんぜんそう》、寺西筑後守《てらにしちくごのかみ》、岩井丹波《いわいたんばの》守《かみ》の四人《にん》だった。詰問《きつもん》の内容《ないよう》は、三点《てん》だった。

一　秀次《ひでつぐ》の聚楽第《じゅらくだい》に通《かよ》っていたか。

二　秀次《ひでつぐ》と鹿狩《しかが》りのときに、山中《さんちゅう》で密談《みつだん》したか。

三　秀次《ひでつぐ》から、鞍《くら》や帷子《かたびら》をもらったのを、なぜ太閤《たいこう》に報告《ほうこく》しなかったのか。

政宗《まさむね》は言《い》いよどまないで、すらすらと、こたえた。

「秀次《ひでつぐ》どのの聚楽第《じゅらくだい》に行《い》ったことはありますが、むほんなどには、いっさい関知《かんち》していません。鹿狩《しかが》りのときに、秀次《ひでつぐ》どのと山中《さんちゅう》で会《あ》ったことはありません。帰国《きこく》のときに、鞍《くら》や帷子《かたびら》をもらいましたが、それを太閤《たいこう》に報告《ほうこく》しなかったのは、つい忘《わす》れていたからです。」

さらに政宗《まさむね》はこう言《い》って、ひらき直《なお》った。

「聡明《そうめい》きわまりない太閤《たいこう》でさえ、秀次《ひでつぐ》どのの本心《ほんしん》が見抜《みぬ》けず、関白《かんぱく》をおゆずりになったのですぞ。隻眼《せきがん》(片目《かため》)のわたくしが、秀次《ひでつぐ》どのの本心《ほんしん》を見抜《みぬ》けなかったのは、あたりまえではありませんか。太閤《たいこう》がおゆずりになった以上《いじょう》、関白《かんぱく》につかえるのは当然《とうぜん》のことで、それをおとがめになるのなら、わたくしの首《くび》を、ただちにはねてください。」

政宗《まさむね》のことばを聞《き》いた秀吉《ひでよし》は、かんかんに怒《おこ》った。

「なんだと！　政宗《まさむね》め、よくぞ、言《い》いおったな。お拾《ひろ》いの遊《あそ》び相手《あいて》として預《あず》かった政宗《まさむね》の息子《むすこ》、兵五郎《ひょうごろう》にあとをつがせたうえ、伊達家《だてけ》は四国《しこく》の伊予《いよ》（愛媛県《えひめけん》）に飛《と》ばし、政宗《まさむね》は、どこか遠《とお》くの地《ち》に流《なが》してやる。」

政宗《まさむね》はそれを聞《き》いて、「ようし、それならば。」と、はっきり、いなおることにした。小《こ》十郎《じゅうろう》が知恵《ちえ》をさずけたのだ。

「京《きょう》にいる家臣《かしん》たちに、うわさをばらまかせましょう。——伊達《だて》は、京《きょう》・大坂《おおざか》を火《ひ》の海《うみ》にして、全員《ぜんいん》、斬《き》り死《じ》にする、と。」

政宗《まさむね》はうなずいた。

「よし、小十郎《こじゅうろう》にまかせる。」

小十郎《こじゅうろう》はさっそく実行《じっこう》に移《うつ》した。うわさは、またたくまにひろまった。

——えらいことだ。伊達政宗《だてまさむね》と家臣《かしん》たちが京《きょう》を焼《や》きはらい、斬《き》り死《じ》にするらしいぞ。

——早《はや》いこと、京《きょう》を離《はな》れなくては。

このうわさで、京都《きょうと》は騒然《そうぜん》となった。このとき家康《いえやす》は、ひそかに政宗《まさむね》に忠告《ちゅうこく》した。

「伊達《だて》が京《きょう》で戦《たたか》うなど、勝手《かって》なうわさが流《なが》れている。太閤《たいこう》に、よけいな疑《うたが》いをかけられないように、屋敷《やしき》の門《もん》は開《あ》けておけ。」

政宗《まさむね》はその助言《じょげん》にしたがい、門《もん》を開《あ》けはなった。しかし、門《もん》の内側《うちがわ》には、これ見《み》よがしに、弓矢《ゆみや》や鉄砲《てっぽう》、槍《やり》で武装《ぶそう》した伊達《だて》の家臣《かしん》がひしめいていた。それらの兵《へい》を指揮《しき》していたのが、伊達家随一《だてけずいいち》の荒武者《あらむしゃ》、伊達成実《だてしげざね》だった。

「われら伊達《だて》の侍《さむらい》は、太閤《たいこう》の言《い》いなりになど、ならん。」成実《しげざね》は、ふてぶてしく言《い》いはなった。「太閤《たいこう》が、伊達《だて》の領地《りょうち》を召《め》し上《あ》げると言《い》うのなら、伊達《だて》の強《つよ》さを、ぞんぶんに見《み》せつけてやる。」

小十郎《こじゅうろう》も、政宗《まさむね》に言《い》った。

「──伊達《だて》はおそろしい。東国《とうごく》の荒武者《あらむしゃ》たちはおそろしい。なにをしでかすか、わからない。太閤《たいこう》には、そう思《おも》わせることにいたしましょう。」

政宗《まさむね》はぐっとあごをひいて、うなずいた。

「ようし、わかった。おれは腹《はら》を決《き》めたぞ。いざとなったら、太閤《たいこう》と一戦《いっせん》する。」

命《いのち》をねらわれて三度《ど》めになる今回《こんかい》は、もういいわけなどしない。政宗《まさむね》には、自信《じしん》があった。——秀吉《ひでよし》は、なによりも京《きょう》の都《みやこ》で戦乱《せんらん》が起《お》きるのを、いやがるにちがいない。たとえ、伊達《だて》をしずめたとしても、天下《てんか》を統一《とういつ》した自分《じぶん》に、傷《きず》がつくのをおそれるだろう。

そう見通《みとお》した政宗《まさむね》は、秀吉《ひでよし》の使者《ししゃ》に対《たい》しても悪《わる》びれることなく、堂々《どうどう》と言《い》いはなった。

「わが伊達家《だてけ》の者《もの》たちは、伊予《いよ》などへ行《い》かされるくらいなら、戦《たたか》って討《う》ち死《じ》にしようと申《もう》しております。このわたくしが止《と》めても、耳《みみ》を貸《か》そうとしません。なにぶん、そういうことなので、太閤《たいこう》には、よろしくご報告《ほうこく》を。」

一歩《いっぽ》もひかない強硬《きょうこう》な態度《たいど》の一方《いっぽう》で、政宗《まさむね》は、もうひとつの作戦《さくせん》をたてた。

家康《いえやす》の屋敷《やしき》の前《まえ》に、だれが書《か》いたかわからない高札《こうさつ》が立《た》てられたが、それにはこう記《しる》されていた。

——最上義光《もがみよしあき》と伊達政宗《だてまさむね》に、秀吉《ひでよし》を暗殺《あんさつ》する計画《けいかく》がある。成功《せいこう》したら、西《にし》の三十三国《ごく》を義光《よしあき》が支配《しはい》し、東《ひがし》の三十三国《ごく》を政宗《まさむね》が支配《しはい》するらしい。

これも、小十郎《こじゅうろう》の考《かんが》えた策《さく》だった。最上《もがみ》と伊達《だて》のふたつの勢力《せいりょく》で、天下《てんか》を取《と》り分《わ》けるなど、ありえないことだった。それを承知《しょうち》のうえで、「秀吉暗殺《ひでよしあんさつ》」という不穏《ふおん》なことばで、世間《せけん》をさわがせようとしたのである。

「こまったことです。」

家康《いえやす》は、秀吉《ひでよし》にこの高札《こうさつ》の文面《ぶんめん》を報告《ほうこく》して、言《い》った。

「なにいっ、わしを殺《ころ》して、伊達《だて》と最上《もがみ》とで天下《てんか》を分《わ》ける、とな？　馬鹿《ばか》げたことを。」

秀吉《ひでよし》は一笑《いっしょう》に付《ふ》した。

「はっ。だれが書《か》いたか、わかりませんが、まことに、おろかな戯言《ざれごと》で……。」家康《いえやす》は、噛《か》んでふくめるように、言《い》った。「しかし、政宗《まさむね》の家臣《かしん》は武骨《ぶこつ》な荒《あら》くれ者《もの》ばかりで、太閤《たいこう》のご命令《めいれい》など聞《き》く耳《みみ》を持《も》たない連中《れんちゅう》です。朝鮮《ちょうせん》でのいくさも決着《けっちゃく》していないときに、内乱《ないらん》でも起《お》きたら、めんどうなことになると思《おも》われます。」

秀吉《ひでよし》は苦笑《にがわら》いした。

「そうだ、な……。」

伊達《だて》の家臣《かしん》たちが政宗《まさむね》を守《まも》ろうと、京《きょう》で暴《あば》れたりしたら、せっかく統一《とういつ》した国内《こくない》がほころび、反乱《はんらん》が起《お》きるかもしれない。政宗《まさむね》め、今度《こんど》こそ、こらしめるつもりだったが、ゆるしてやるか。これからのためには、そのほうがよいかもしれない……。

ゆるすことを決《き》めた秀吉《ひでよし》は、その理由《りゆう》として、高札《こうさつ》の文面《ぶんめん》をあげた。

「わしの暗殺《あんさつ》など、あのようなおろかなことを、政宗《まさむね》が考《かんが》えるはずがない。あの高札《こうさつ》によって、かえって政宗《まさむね》の疑《うたが》いは、晴《は》れたぞ。政宗《まさむね》をゆるしてやる。」

家康《いえやす》は深《ふか》くうなずいた。

「まさしく、良《よ》い判断《はんだん》でございます。」


こうして、八月《がつ》二十四日《か》。太閤秀吉《たいこうひでよし》からの赦免状《しゃめんじょう》が届《とど》いた。

――ゆるして、つかわす。

よし、勝《か》ったぞ。へたをすれば、伊達家《だてけ》がほろびるかもしれない、一《いち》か八《ばち》かの賭《か》けに勝《か》ったのだ。政宗《まさむね》は、あらためて小十郎《こじゅうろう》の知恵《ちえ》と、成実《しげざね》の勇猛《ゆうもう》な行動《こうどう》を、ありがたく思《おも》った。


九月九日《がつここのか》。政宗《まさむね》は秀吉《ひでよし》に呼《よ》ばれ、伏見城《ふしみじょう》へおもむいた。

「このたびは、むほんの疑《うたが》いを晴《は》らしていただき、まことにありがたく存《ぞん》じます。」

政宗《まさむね》がひれ伏《ふ》して言《い》うと、秀吉《ひでよし》は言《い》った。

「政宗《まさむね》よ。わしは、三度《ど》もそなたの命《いのち》を助《たす》けたのだ。ありがたく思《おも》うなら、今後《こんご》、わしとお拾《ひろ》いに、あらんかぎりの忠誠《ちゅうせい》をつくせ。」

「ははっ。」政宗《まさむね》は言《い》った。「政宗《まさむね》、太閤《たいこう》さまとお拾《ひろ》いさまに、忠誠《ちゅうせい》をつくします。」

秀吉《ひでよし》は、政宗《まさむね》にたいして、伏見《ふしみ》の地《ち》に広《ひろ》い屋敷《やしき》をあたえた。

それはほうびというより、政宗《まさむね》を近《ちか》くで見張《みは》るためだった。切腹《せっぷく》も流罪《るざい》もなくしたかわりに、「伊達町《だてまち》」と名《な》づけた伏見《ふしみ》の一角《いっかく》に、家老《かろう》や家臣《かしん》たちの家族《かぞく》、千人《にん》を超《こ》える人数《にんずう》を、いざとなったときの人質《ひとじち》として住《す》まわすことにしたのだ。

第《だい》二十章《しょう》　太閤秀吉《たいこうひでよし》の死《し》

文禄《ぶんろく》五年《ねん》（一五九六年《ねん》）、正月《しょうがつ》。政宗《まさむね》は、伏見《ふしみ》の屋敷《やしき》で新年《しんねん》をむかえた。

あくる慶長《けいちょう》二年《ねん》（一五九七年《ねん》）も、新年《しんねん》を伏見《ふしみ》でむかえた。この年《とし》、秀吉《ひでよし》は朝廷《ちょうてい》にはたらきかけ、政宗《まさむね》に、従四位下《じゅしいげ》、右近衛権少将《うこのえごんのしょうしょう》の官位《かんい》をさずけさせた。

二月《がつ》、秀吉《ひでよし》はふたたび朝鮮《ちょうせん》への出兵《しゅっぺい》に踏《ふ》み切《き》ったが、政宗《まさむね》に出陣《しゅつじん》の命令《めいれい》はなかった。

慶長《けいちょう》三年《ねん》（一五九八年《ねん》）の正月《しょうがつ》、蒲生氏郷《がもううじさと》が死《し》んだあと、息子《むすこ》の秀行《ひでゆき》がついでいた会津《あいづ》九十二万石《まんごく》を、秀吉《ひでよし》は取《と》り上《あ》げた。かわりに会津《あいづ》には、越後《えちご》四十五万石《まんごく》の上杉景勝《うえすぎかげかつ》がやってきた。上杉《うえすぎ》にあたえられたのはじつに百二十万石《まんごく》だった。

「上杉《うえすぎ》が、会津《あいづ》に来《き》たか。」

政宗《まさむね》は警戒《けいかい》した。

「難敵《なんてき》でございます。」小十郎《こじゅうろう》は言《い》った。「太閤《たいこう》は、上杉《うえすぎ》どのを使《つか》って、殿《との》を見張《みは》ろうとされていますな。」

「うむ。会津《あいづ》の地《ち》は、いずれ伊達《だて》の領土《りょうど》とするつもりだったが……。」

政宗《まさむね》がつぶやくと、小十郎《こじゅうろう》は言《い》った。

「太閤《たいこう》は六十二歳《さい》で、病《やまい》がちと聞《き》いています。あとつぎの秀頼《ひでより》さまは、まだ六歳《さい》。もしも太閤《たいこう》がお亡《な》くなりになれば、会津《あいづ》は……。」

「そうだ。」政宗《まさむね》はうなずいた。「蒲生《がもう》のこせがれなど、すぐにひねりつぶして、会津《あいづ》を取《と》りもどすつもりだったが、相手《あいて》が、上杉《うえすぎ》となっては、そうたやすくはあるまい。」

名将上杉謙信《めいしょううえすぎけんしん》のあとをついだ景勝《かげかつ》には、直江兼続《なおえかねつぐ》という、切《き》れ者《もの》の家老《かろう》がついていた。

米沢《よねざわ》三十万石《まんごく》をあずかる、この兼続《かねつぐ》と、石田三成《いしだみつなり》とが親《した》しく交《まじ》わっていることを、黒《くろ》はばき組《ぐみ》からの報告《ほうこく》で、政宗《まさむね》は知《し》っていた。

「上杉《うえすぎ》を会津《あいづ》に移《うつ》したのは、三成《みつなり》が助言《じょげん》したからだ。」政宗《まさむね》は言《い》った。「三成《みつなり》め、おれが秀《ひで》次《つぐ》に加担《かたん》していると太閤《たいこう》に告《つ》げ口《ぐち》したり、上杉《うえすぎ》に見張《みは》らせたりするとは、憎《にく》いやつめ。」

「ゆるせませんな、石田三成《いしだみつなり》は。」

小十郎《こじゅうろう》が言《い》った。

「いずれ、そのときが来《く》る。」政宗《まさむね》は言《い》った。「太閤《たいこう》が死《し》んで、天下《てんか》がふたたび乱《みだ》れるときが。そのときこそ、まずは、めざわりな上杉《うえすぎ》を攻《せ》め落《お》とし、伊達《だて》の領地《りょうち》を取《と》り返《かえ》してやる。」

「はっ。」

「小十郎《こじゅうろう》。そのときこそ、おれは百万石《まんごく》の『奥羽《おうう》の王《おう》』となって、西《にし》へ向《む》かうぞ。」

その年《とし》の八月《がつ》十八日《にち》。

――秀頼《ひでより》のこと、くれぐれも、おたのみもうします……。

そう遺言《ゆいごん》をのこして、秀吉《ひでよし》は伏見城《ふしみじょう》で亡《な》くなった。

秀吉《ひでよし》は死《し》ぬ前《まえ》に、秀頼《ひでより》を中心《ちゅうしん》にして、豊臣家《とよとみけ》が天下《てんか》をつかさどることができるように、五大老《ごたいろう》と五奉行《ごぶぎょう》の制度《せいど》をつくった。五大老《ごたいろう》は徳川家康《とくがわいえやす》、前田利家《まえだとしいえ》、宇喜多秀家《うきたひでいえ》、上杉景勝《うえすぎかげかつ》、毛利輝元《もうりてるもと》という大大名《だいだいみょう》たちで、五奉行《ごぶぎょう》は石田三成《いしだみつなり》、増田長盛《ましたながもり》、長束正家《なつかまさいえ》、浅野長吉《あさのながよし》、前田玄以《まえだげんい》という、秀吉《ひでよし》の子飼《こが》いの家臣《かしん》だった。

しかし、豊臣家《とよとみけ》を守《まも》るための五大老《ごたいろう》・五奉行《ごぶぎょう》の制度《せいど》は、うまくいっていなかった。それというのも、次《つぎ》の天下《てんか》をねらう家康《いえやす》と、あくまでも豊臣家《とよとみけ》を守《まも》ろうとする石田三成《いしだみつなり》が、対《たい》立《りつ》していたからである。

「ようやく、秀吉《ひでよし》が死《し》んだか。」

政宗《まさむね》は、がんじがらめに巻《ま》きついていた強力《きょうりょく》な鎖《くさり》から解《と》き放《はな》たれたのを感《かん》じた。

「秀吉《ひでよし》の支配下《しはいか》にあって、八年《ねん》、じっとがまんしてきたが、今度《こんど》こそ、おれが天下《てんか》をとるぞ。」

三十二歳《さい》となった政宗《まさむね》の胸《むね》には、新《あら》たな野望《やぼう》がふつふつと湧《わ》き出《で》ていた。

しかし、政宗《まさむね》の前《まえ》に立《た》ちはだかったのは、信長《のぶなが》のあとの天下取《てんかと》りを秀吉《ひでよし》にさらわれ、やむをえず天下第二《てんかだいに》の地位《ちい》で甘《あま》んじてきた、二百四十二万石《まんごく》の大大名《だいだいみょう》、徳川家康《とくがわいえやす》だった。

朝廷《ちょうてい》から内大臣《ないだいじん》の位《くらい》をえて、「内府《ないふ》」と呼《よ》ばれていた家康《いえやす》は、秀吉《ひでよし》が死《し》ぬ前《まえ》に決《き》めた五《ご》大老《たいろう》の筆頭《ひっとう》にあたった。本来《ほんらい》なら、五大老《ごたいろう》・五奉行《ごぶぎょう》の制度《せいど》や、秀吉《ひでよし》の遺命《いめい》を忠実《ちゅうじつ》に守《まも》るべき立場《たちば》にあったが、家康《いえやす》にはそれを守《まも》るつもりはなかった。

「次《つぎ》は、徳川《とくがわ》が天下《てんか》をとる。」

家康《いえやす》は、まずは婚姻《こんいん》を通《つう》じて、有力《ゆうりょく》な大名《だいみょう》を味方《みかた》につけようと、福島正則《ふくしままさのり》の養子《ようし》、正之《まさゆき》に、養女《ようじょ》を嫁《とつ》がせ、もうひとりの養女《ようじょ》を、蜂須賀家政《はちすかいえまさ》の世子《せいし》（あとつぎ）、至鎮《よししげ》に嫁《とつ》がせる約束《やくそく》をかわした。その婚姻作戦《こんいんさくせん》は、伊達家《だてけ》にも伸《の》びた。


「なに、五郎八姫《いろはひめ》を？」

政宗《まさむね》のもとに、家康《いえやす》の文《ふみ》が届《とど》いた。家康《いえやす》の六男《なん》、松平忠輝《まつだいらただてる》に、政宗《まさむね》のむすめ、五郎八姫《いろはひめ》をもらいたいという申《もう》し出《で》だった。しかし、忠輝《ただてる》はまだ八歳《さい》、五郎八姫《いろはひめ》は六歳《さい》だった。

「いかがなさいますか？」

小十郎《こじゅうろう》がたずねると、政宗《まさむね》は言《い》った。

「むろん、しょうちする。」

「しかし、それは太閤《たいこう》の遺命《いめい》に反《はん》するのではありませんか。」

政宗《まさむね》は笑《わら》った。

「遺命《いめい》など。太閤《たいこう》はもういない。それを守《まも》ろうとしているのは、三成《みつなり》たちだけだ。だが、十九万石《まんごく》の三成《みつなり》など、二百四十二万石《まんごく》の家康《いえやす》の力《ちから》に比《くら》べれば、なにほどのこともない。」

「では、殿《との》は家康《いえやす》さまと……。」

政宗《まさむね》は小十郎《こじゅうろう》に言《い》った。

「まず、いまの大名《だいみょう》たちの中《なか》で、もっとも天下取《てんかと》りに近《ちか》いのは、家康《いえやす》だ。おれはこの婚姻《こんいん》を通《つう》じて、家康《いえやす》の親戚《しんせき》となり、時《とき》が来《く》れば、天下《てんか》をうばいとるつもりだ。」

慶長《けいちょう》四年《ねん》（一五九九年《ねん》）、一月《がつ》二十日《はつか》。政宗《まさむね》のむすめ、五郎八《いろは》姫《ひめ》と、家康《いえやす》の六男《なん》、忠輝《ただてる》の婚約《こんやく》が成《な》った。媒酌人《ばいしゃくにん》は、利休《りきゅう》亡《な》きあとの代表的《だいひょうてき》な茶人《ちゃじん》、今井宗薫《いまいそうくん》だった。これに石田《いしだ》三成《みつなり》が反発《はんぱつ》した。

「もしや伊達《だて》どのは、太閤《たいこう》の遺命《いめい》にそむくおつもりか。」

三成《みつなり》は政宗《まさむね》をとがめた。秀吉《ひでよし》は文禄《ぶんろく》四年《ねん》に、大名同士《だいみょうどうし》が勝手《かって》に婚姻《こんいん》することを禁《きん》じていた。政宗《まさむね》はそれを知《し》っていたが、知《し》らないふりをした。

「ほう。そのような掟《おきて》があったのか。」

政宗《まさむね》は、あくまでも知《し》らなかったと押《お》し通《とお》した。家康《いえやす》も、前田利家《まえだとしいえ》たち四大老《たいろう》と三成《みつなり》ら五奉行《ごぶぎょう》から、きびしく詰問《きつもん》されたが、まったく動《どう》じなかった。

「徳川《とくがわ》と伊達《だて》の婚姻《こんいん》は、すでに媒酌人《ばいしゃくにん》の今井宗薫《いまいそうくん》から届《とど》けられていると思《おも》っていた。」

さらに家康《いえやす》はひらきなおり、利家《としいえ》や三成《みつなり》に、こう言《い》いはなった。

「いまの時期《じき》に、そのような、ささいなことで詰問《きつもん》してくるとは、わしを大老《たいろう》の座《ざ》から追《お》い落《お》とそうという、言《い》いがかりではないのか。わしは、太閤《たいこう》から『あとのことはくれぐれも内府《ないふ》におたのみもうす。』と言《い》われている。わしをしりぞけようとする、そのたくらみこそ、太閤《たいこう》の遺命《いめい》にそむくのではないのか？」

そなたら、わしをとがめられるものなら、とがめてみよ。そう恫喝《どうかつ》（おどすこと）する家康《いえやす》の迫力《はくりょく》に、利家《としいえ》たちはことばをかえすことができなかった。そこで三成《みつなり》は、媒酌人《ばいしゃくにん》の今井宗薫《いまいそうくん》の責任《せきにん》を問《と》おうとした。すると家康《いえやす》は、「もしも宗薫《そうくん》をとがめようとするなら、それは徳川家康《とくがわいえやす》をとがめることになる。それでもよいのかな？」とおどした。

こうしたいきさつから、家康《いえやす》と三成《みつなり》は、決定的《けっていてき》に対決《たいけつ》することになった。

二月五日《がついつか》。とりあえず、とげとげしい対立《たいりつ》をおさめようと、家康《いえやす》と四大老《たいろう》は誓書《せいしょ》をかわし、和解《わかい》した。それにより、五郎八姫《いろはひめ》と忠輝《ただてる》の婚姻《こんいん》はぶじに成立《せいりつ》した。家康《いえやす》が、太閤《たいこう》の遺《い》命《めい》を破《やぶ》り、力《ちから》ずくで伊達家《だてけ》と徳川家《とくがわけ》の婚姻《こんいん》を押《お》し通《とお》したのだ。

「さすがは、徳川《とくがわ》さまですな。」

小十郎《こじゅうろう》は政宗《まさむね》に言《い》った。

「うむ。いまや家康《いえやす》に、正面切《しょうめんき》って、さからうものはいないということだ。」

「煮《に》え湯《ゆ》を飲《の》まされた三成《みつなり》が、これでおとなしくなりましょうか？」

「なるわけがあるまい。」政宗《まさむね》は首《くび》をふって、言《い》った。「いずれ三成《みつなり》は、家康《いえやす》に牙《きば》をむく。そのときこそ、天下《てんか》が乱《みだ》れるときだ。」

天下《てんか》をとろうと動《うご》きだした家康《いえやす》をおさえられるのは、人望《じんぼう》のあつい加賀大納言《かがだいなごん》、前田利家《まえだとし いえ》だけだった。三成《みつなり》は利家《としいえ》をたのみにしていたが、閏三月三日《うるうがつみっか》、利家《としいえ》は病《やまい》で死《し》んでしまった。それをきっかけにして、事件《じけん》が起《お》きた。

「ようし、われらを止《と》める者《もの》はいないぞ。」

日《ひ》ごろから三成《みつなり》を憎《にく》んでいた加藤清正《かとうきよまさ》、福島正則《ふくしままさのり》、黒田長政《くろだながまさ》ら、豊臣家《とよとみけ》の武断派《ぶだんは》と呼《よ》ばれる七人《にん》の武将《ぶしょう》たちが、利家《としいえ》がいなくなったことで、もはや遠慮《えんりょ》はいらないと、三成《みつなり》を殺《ころ》そうとくわだてた。三成《みつなり》は危機《きき》を察知《さっち》して、あろうことか家康《いえやす》の屋敷《やしき》に逃《に》げこんだ。

「いかがいたしましょう。三成《みつなり》をさし出《だ》してくれと、清正《きよまさ》らは申《もう》しております。」

井伊直政《いいなおまさ》は家康《いえやす》にたずねた。

「三成《みつなり》め、わが屋敷《やしき》に逃《に》げてくるとはな。」家康《いえやす》はしばらく考《かんが》えてから、直政《なおまさ》に言《い》った。

「清正《きよまさ》らに言《い》え。ここはおとなしくひけ、と。」

家康《いえやす》は清正《きよまさ》ら七武将《ぶしょう》のことばをしりぞけ、これまで対立《たいりつ》してきた三成《みつなり》の命《いのち》を守《まも》った。しかし、そのかわりに三成《みつなり》から奉行職《ぶぎょうしょく》を取《と》り上《あ》げ、大坂城《おおざかじょう》から追放《ついほう》するかたちで、三成《みつなり》の居城《きょじょう》である近江《おうみ》の佐和山城《さわやまじょう》にしりぞかせた。

「そこで謹慎《きんしん》（おとなしく）しておれ。」

家康《いえやす》は三成《みつなり》に命《めい》じた。これで、五奉行《ぶぎょう》が四奉行《ぶぎょう》となった。三成《みつなり》のいない奉行衆《ぶぎょうしゅう》など、なにほどのこともない。このまま佐和山《さわやま》に謹慎《きんしん》させておけば、いずれ三成《みつなり》が動《うご》く。家康《いえやす》にはもくろみがあった。

「わしの天下取《てんかと》りに反対《はんたい》する大名《だいみょう》がまだ多《おお》くいる。そやつらを集《あつ》め、三成《みつなり》が動《うご》くときこそ、邪魔《じゃま》な大名《だいみょう》をたたきつぶし、わしが天下《てんか》をとるのだ。」

その年《とし》の暮《く》れ、十二月八日《がつようか》。

「なにっ。めごが？」

政宗《まさむね》は手《て》をたたいて、よろこんだ。伊達家《だてけ》に嫁入《よめい》りしてから、二十年《ねん》がたち、愛姫《めごひめ》がはじめての男子《だんし》を生《う》んだのである。

「でかしたぞ、めご。でかした、でかした！」

政宗《まさむね》は、虎菊丸《とらきくまる》（のちの伊達忠宗《だてただむね》）という名《な》を赤子《あかご》につけた。正室《せいしつ》の愛姫《めごひめ》から生《う》まれたことで、虎菊丸《とらきくまる》は伊達家《だてけ》の嫡男《ちゃくなん》となり、側室《そくしつ》の子《こ》である兵五郎秀宗《ひょうごろうひでむね》は、嫡男《ちゃくなん》の座《ざ》からおろされた。

第《だい》二十一章《しょう》　関《せき》ヶ原《がはら》のいくさと、百万石《まんごく》のお墨《すみ》つき

慶長《けいちょう》五年《ねん》（一六〇〇年《ねん》）、五月三日《がつみっか》。豊臣《とよとみ》の天下《てんか》をうばおうとねらっていた家康《いえやす》は、手《て》はじめに、会津《あいづ》の上杉景勝《うえすぎかげかつ》をとがめた。

「上杉景勝《うえすぎかげかつ》は五大老《ごたいろう》のひとりにもかかわらず、秀頼《ひでより》さまのもとに上《あ》がりもせず、城《しろ》を固《かた》めたり、兵《へい》を集《あつ》めたり、いくさ備《ぞな》えをおこなっている。まことに、けしからん。」

家康《いえやす》は諸大名《しょだいみょう》を集《あつ》めて、そう告《つ》げた。

会津《あいづ》百二十万石《まんごく》の上杉景勝《うえすぎかげかつ》が大坂《おおざか》にいる豊臣秀頼《とよとみひでより》のもとに上《あ》がらなかったのは、幼《おさな》い秀《ひで》頼《より》をたてるふりをして、大坂城《おおざかじょう》をわがもののように支配《しはい》している家康《いえやす》への反発《はんぱつ》からだった。さらに上杉《うえすぎ》の家老《かろう》で、米沢《よねざわ》三十万石《まんごく》をあずかる直江兼続《なおえかねつぐ》と、佐和山城《さわやまじょう》の石田三成《いしだみつなり》とのあいだでは、ひそかな約束《やくそく》がかわされていた。

——時《とき》が来《く》れば、ともに家康《いえやす》と戦《たたか》おう。

家康《いえやす》は、それらを承知《しょうち》のうえで、ほこさきを上杉《うえすぎ》に向《む》けた。会津《あいづ》を攻《せ》めれば、三成《みつなり》が動《うご》

く。三成《みつなり》が動《うご》けば、徳川《とくがわ》の天下《てんか》に反対《はんたい》する大名《だいみょう》がだれなのか、はっきりする。

六月六日《がつむいか》。大坂城内《おおざかじょうない》で、家康《いえやす》の呼《よ》びかけにより大名《だいみょう》たちが集《あつ》められ、会津《あいづ》攻《ぜ》めの軍議《ぐんぎ》がひらかれた。政宗《まさむね》も、軍議《ぐんぎ》に出《で》た。

「秀頼《ひでより》さまにむほんをはたらこうとしている上杉《うえすぎ》を攻《せ》める。よいな、おのおのがた。」

会津《あいづ》を攻《せ》めるのは、あくまでも豊臣家《とよとみけ》のためと、家康《いえやす》は大義名分《たいぎめいぶん》をかかげた。豊臣秀吉《とよとみひでよし》に恩《おん》を受《う》けた多《おお》くの大名《だいみょう》たちは、その大義名分《たいぎめいぶん》にさからえなかった。さらに家康《いえやす》は、秀頼《ひでより》から、上杉《うえすぎ》攻《ぜ》めの軍資金《ぐんしきん》として、黄金《おうごん》二万両《まんりょう》、米《こめ》二万石《まんごく》を受《う》けとった。

「家康《いえやす》め、無類《むるい》の知恵者《ちえしゃ》だ。」

政宗《まさむね》には、大義名分《たいぎめいぶん》にかくれた家康《いえやす》の野望《やぼう》が、手《て》にとるようにわかった。これをいい機会《きかい》にして、家康《いえやす》は天下《てんか》を豊臣家《とよとみけ》からうばいとろうとしているのだ。それがわかったうえで、政宗《まさむね》は、みずからの野望《やぼう》をとげるつもりだった。

軍議《ぐんぎ》で、家康《いえやす》は政宗《まさむね》に命《めい》じた。

「伊達《だて》は、信夫口《しのぶぐち》から、上杉領《うえすぎりょう》を攻《せ》めよ。」

「ははっ。」

政宗《まさむね》の胸《むね》はおどった。よし、家康《いえやす》が三成《みつなり》らと戦《たたか》っているあいだに、これまで蒲生氏郷《がもううじさと》や上杉景勝《うえすぎかげかつ》にうばわれてきた、わが領土《りょうど》を取《と》り返《かえ》すぞ。政宗《まさむね》の思《おも》いは一気《いっき》にふくらんだ。

六月《がつ》十四日《か》、政宗《まさむね》は大坂《おおざか》を出《で》て、自国《じこく》へもどった。

家康《いえやす》も、十六日《にち》には大坂城《おおざかじょう》を出《で》て、伏見城《ふしみじょう》に入《はい》った。三成《みつなり》らの動《うご》きをみまもりつつ、情勢《じょうせい》をみきわめようとした。伏見城《ふしみじょう》を離《はな》れるにあたって、家康《いえやす》は、三河《みかわ》のころから忠実《ちゅうじつ》につかえてきた老臣《ろうしん》である鳥居元忠《とりいもとただ》に言《い》った。

「城内《じょうない》の金銀《きんぎん》を鉄砲《てっぽう》の弾《たま》に使《つか》ってもよいから、伏見城《ふしみじょう》を死守《ししゅ》せよ。」

七月《がつ》十二日《にち》に、政宗《まさむね》は上杉攻《うえすぎぜ》めのために、北目城《きためじょう》へ入《はい》った。

「まずは、白石城《しろいしじょう》を攻《せ》め取《と》る。」

政宗《まさむね》は小十郎《こじゅうろう》に告《つ》げた。

「はっ。いよいよでございますな。」

家康《いえやす》は、会津《あいづ》の上杉景勝《うえすぎかげかつ》を攻《せ》めるという大義名分《たいぎめいぶん》のもとに、福島正則《ふくしままさのり》や黒田長政《くろだながまさ》といった、おもに秀吉恩顧《ひでよしおんこ》の大名《だいみょう》たち八十人《にん》をひき連《つ》れて、ゆっくりと、東《ひがし》へ向《む》かっていった。

自分《じぶん》が動《うご》けば、三成《みつなり》が動《うご》く。徳川《とくがわ》の天下《てんか》をこころよく思《おも》わない大名《だいみょう》たちが、三成《みつなり》のもとに集《あつ》まる。それを、一気《いっき》にたたきつぶす……。

そうした家康《いえやす》の、まさにねらいどおり、三成《みつなり》は立《た》ち上《あ》がった。家康《いえやす》の天下取《てんかと》りを阻止《そし》しようとする諸国《しょこく》の大名《だいみょう》たちを、「西軍《せいぐん》」として結集《けっしゅう》させたのだ。

七月《がつ》十六日《にち》、三成《みつなり》によって、西軍《せいぐん》の総大将《そうだいしょう》にかつぎあげられた中国《ちゅうごく》百二十万石《まんごく》の毛利輝《もうりてる》元《もと》が、大坂城《おおざかじょう》に入《はい》った。そして十七日《にち》、前田玄以《まえだげんい》、増田長盛《ましたながもり》、長束正家《なつかまさいえ》の三奉行《ぶぎょう》による「内府《ないふ》ちかいの条々《じょうじょう》」と称《しょう》する、家康《いえやす》をとがめる十三か条《じょう》の文面《ぶんめん》が、諸大名《しょだいみょう》に送《おく》られた。

家康《いえやす》は、会津攻《あいづぜ》めに向《む》かうとちゅう、二十四日《か》、下野小山《しもつけおやま》の地《ち》で、三成《みつなり》の挙兵《きょへい》を知《し》らされ、進軍《しんぐん》を止《と》めた。しめた、三成《みつなり》が、わしの思《おも》いどおりに動《うご》いたぞ。家康《いえやす》は、黒田長政《くろだながまさ》を使《つか》って、福島正則《ふくしままさのり》を味方《みかた》にする工作《こうさく》をしたあと、二十五日《にち》、軍議《ぐんぎ》をひらいて、大名《だいみょう》たちに言《い》った。

「おのおのがた、石田三成《いしだみつなり》が大坂《おおざか》で兵《へい》をあげた。そなたたちの妻子《さいし》は大坂城《おおざかじょう》で人質《ひとじち》になっておろう。それゆえ、三成《みつなり》に味方《みかた》しようと思《おも》う者《もの》は、ひきかえせ。邪魔《じゃま》はいたさぬ。」

沈黙《ちんもく》のあと、前夜《ぜんや》、黒田長政《くろだながまさ》に言《い》いふくめられていた福島正則《ふくしままさのり》が野太《のぶと》い声《こえ》で言《い》った。

「ほかの者《もの》はいざ知《し》らず、拙者《せっしゃ》は、妻子《さいし》を捨《す》てても、内府《ないふ》どのにお味方《みかた》いたす。」

これで流《なが》れは決《き》まった。三成《みつなり》を憎《にく》んでいた池田輝政《いけだてるまさ》、浅野幸長《あさのよしなが》、細川忠興《ほそかわただおき》ら、秀吉恩顧《ひでよしおんこ》の大名《だいみょう》たちが家康《いえやす》に味方《みかた》すると表明《ひょうめい》したのだ。家康《いえやす》にしたがう「東軍《とうぐん》」が、三成《みつなり》ひきいる「西軍《せいぐん》」と戦《たたか》うことが、このとき決《き》まったのだ。

これにより、全国《ぜんこく》の大名《だいみょう》たちが、西軍《せいぐん》と、東軍《とうぐん》に分《わ》かれて、戦《たたか》うことになった。


「このいくさ、簡単《かんたん》にはおさまらないぞ。」

政宗《まさむね》は小十郎《こじゅうろう》に言《い》った。

「さようでございますな。」

小十郎《こじゅうろう》はうなずいた。

「家康《いえやす》に味方《みかた》する大名《だいみょう》と、敵対《てきたい》する大名《だいみょう》が、全国《ぜんこく》で戦《たたか》うのだ。天下《てんか》はふたたび乱《みだ》れるぞ。」

そう言《い》いながら、政宗《まさむね》は思《おも》った。おれも秀吉《ひでよし》の天下《てんか》のもとで、おとなしくさせられていたが、ようやく解《と》き放《はな》たれたぞ。思《おも》うぞんぶんに戦《たたか》い、奥羽《おうう》をひとつにたばねてやる。『奥羽《おうう》の王《おう》』の実力《じつりょく》を見《み》せつけてやる。

「よし、出陣《しゅつじん》だっ！」

七月《がつ》二十一日《にち》。政宗《まさむね》は北目城《きためじょう》を出陣《しゅつじん》した。二十四日《か》から、上杉景勝《うえすぎかげかつ》の支城《しじょう》である白石城《しろいしじょう》を猛烈《もうれつ》な勢《いきお》いで攻《せ》め、二十五日《にち》に攻《せ》め落《お》とした。

「まずは白石城《しろいしじょう》を手《て》に入《い》れた。次《つぎ》は、福島城《ふくしまじょう》だ。その次《つぎ》は、直江兼続《なおえかねつぐ》の米沢城《よねざわじょう》、そして上《うえ》杉景勝《すぎかげかつ》の若松城《わかまつじょう》だ。」

政宗《まさむね》の胸《むね》は高鳴《たかな》った。

このとき政宗《まさむね》は、伊達家《だてけ》の居城《きょじょう》を岩出山《いわでやま》から、より米沢《よねざわ》に近《ちか》い、千代《せんだい》の地《ち》に移《うつ》すことを考《かんが》え、家康《いえやす》にうかがいを立《た》てた。だが、家康《いえやす》はすぐには返答《へんとう》しなかったので、千代《せんだい》への移《い》転《てん》は、時《とき》を待《ま》つしかなかった。

八月《がつ》十九日《にち》。「おのおのがたは、なにをしておられるのか。」と、家康《いえやす》の使者《ししゃ》にとがめられ、清須城《きよすじょう》に集《あつ》まっていた東軍《とうぐん》の武将《ぶしょう》たちは、進軍《しんぐん》を開始《かいし》した。二十三日《にち》には、東軍先鋒《とうぐんせんぽう》の福島正則《ふくしままさのり》らが、「内府《ないふ》（家康《いえやす》）にうたがわれてはならない。」と、おそるべき実力《じつりょく》を発揮《はっき》して、たった一日《にち》で、西軍《せいぐん》の重要《じゅうよう》な拠点《きょてん》である、岐阜城《ぎふじょう》を攻《せ》め落《お》とした。

同《おな》じ日付《ひづけ》で、家康《いえやす》から、政宗《まさむね》に「覚《おぼ》え書《が》き」が届《とど》いた。

覚《おぼえ》

――刈田郡《かったぐん》、伊達郡《だてぐん》、信夫郡《しのぶぐん》、二本松《にほんまつ》、塩松《しおのまつ》、田村郡《たむらぐん》、長井《ながい》の七か所《しょ》を、政宗《まさむね》の家老衆《かろうしゅう》にあたえる。

慶長《けいちょう》五年《ねん》八月《がつ》二十二日《にち》　家康《いえやす》

大崎少将《おおさきしょうしょう》（政宗《まさむね》）殿《どの》

「七か所《しょ》か。」

政宗《まさむね》はつぶやいた。それらの領土《りょうど》は四十九万《まん》五千八百石《こく》あまりだった。いまの政宗《まさむね》の所《しょ》領《りょう》は五十八万石《まんごく》であり、これを加《くわ》えると、百万石《まんごく》を超《こ》えることになった。

「徳川《とくがわ》さまからの、『百万石《まんごく》のお墨《すみ》つき』ですな。」

小十郎《こじゅうろう》は政宗《まさむね》に言《い》った。

「百万石《まんごく》のお墨《すみ》つきか。」政宗《まさむね》はつぶやいた。「家康《いえやす》は、なんとしても、おれを味方《みかた》につけておきたいと見《み》える。」

しかし、それは家康《いえやす》の花押《かおう》こそあったが、本格的《ほんかくてき》な約束《やくそく》とする「知行宛行状《ちぎょうあてがいじょう》」ではなく、たんなる「覚《おぼ》え書《が》き」にすぎなかった。小十郎《こじゅうろう》は政宗《まさむね》に言《い》った。

「しかし、殿《との》。その七か所《しょ》は、もとはといえば、伊達家《だてけ》の領土《りょうど》だったものではありませんか。」

「そうだ。」政宗《まさむね》は言《い》った。「家康《いえやす》から、もらわずともよい。おれが力《ちから》で取《と》り返《かえ》す。」

政宗《まさむね》の攻撃《こうげき》をおそれ、上杉景勝《うえすぎかげかつ》は会津《あいづ》から離《はな》れることができなくなった。それをたしかめると、家康《いえやす》は、九月一日《がっついたち》、三万《まん》二千の手勢《てぜい》をひきいて、江戸《えど》を出発《しゅっぱつ》した。三成《みつなり》がたばねる西軍《せいぐん》との決戦場《けっせんじょう》となる地《ち》へ向《む》かって、進軍《しんぐん》した。

一方西軍《いっぽうせいぐん》も、七日《なのか》には毛利秀元《もうりひでもと》、長宗我部盛親《ちょうそかべもりちか》ら、三万《まん》の兵《へい》が関ヶ原《せきがはら》の南宮山《なんぐうさん》の東麓《とうろく》に布陣《ふじん》し、八日《ようか》には、石田三成《いしだみつなり》が大垣城《おおがきじょう》に入《はい》った。家康《いえやす》は、十三日《にち》に岐阜《ぎふ》に着《つ》いた。東軍《とうぐん》は七万《まん》四千、西軍《せいぐん》は八万《まん》四千。両軍《りょうぐん》は関《せき》ヶ原《がはら》の地《ち》で、にらみあうかたちになり、天《てん》下分《かわ》けめの戦《たたか》いが、いままさに始《はじ》まろうとしていた。

東北《とうほく》において、家康《いえやす》に加担《かたん》しているのは、五十八万石《まんごく》の伊達政宗《だてまさむね》と二十四万石《まんごく》の最上義《もがみよし》光《あき》だった。そして家康《いえやす》に敵対《てきたい》しているのは、百二十万石《まんごく》の上杉景勝《うえすぎかげかつ》だった。景勝《かげかつ》は、十三日《にち》に最上義光《もがみよしあき》の支城《しじょう》を攻《せ》めさせた。上杉《うえすぎ》に攻《せ》められた義光《よしあき》は、「最上《もがみ》だけでは上杉《うえすぎ》に対抗《たいこう》できない。伊達《だて》に助《たす》けをもとめよう。」と、政宗《まさむね》に援軍《えんぐん》をもとめてきた。

九月《がつ》十五日《にち》。ついに関《せき》ヶ原《がはら》で、東軍《とうぐん》と西軍《せいぐん》とが激突《げきとつ》した。午前《ごぜん》八時《じ》から、戦《たたか》いは始《はじ》まり、午後《ごご》三時《じ》まで、東軍《とうぐん》と西軍《せいぐん》が入《い》り乱《みだ》れ、すさまじい戦《たたか》いがくりひろげられた。はじめは西軍《せいぐん》が押《お》し気味《ぎみ》に戦《たたか》っていたが、西軍《せいぐん》のうち、南宮山《なんぐうさん》に陣《じん》取《ど》った毛利秀元《もうりひでもと》や小早川秀秋《こばやかわひであき》らは、なぜか戦《たたか》いに加《くわ》わろうとしなかった。戦《たたか》いは、あっけなく終《お》わりを告《つ》げた。西軍《せいぐん》である小早川秀秋《こばやかわひであき》が、突然寝返《とつぜんねがえ》り、西軍《せいぐん》をおそった。このことで西軍《せいぐん》はおおくずれして大敗《たいはい》した。西軍《せいぐん》の石田三成《いしだみつなり》や小西行長《こにしゆきなが》、長宗我部盛親《ちょうそかべもりちか》らは、関ヶ原《せきがはら》から逃《に》げた。

関ヶ原《せきがはら》の戦《たたか》いに勝《か》ったことで、家康《いえやす》は天下《てんか》を力《ちから》でうばいとった。大坂城《おおざかじょう》にはまだ秀頼《ひでより》がいたが、もはや天下《てんか》は、はっきりと徳川《とくがわ》のものとなったのだ。


しかし、そうしたことは、まだ政宗《まさむね》の耳《みみ》には届《とど》いていなかった。

上杉《うえすぎ》に攻《せ》められている最上《もがみ》に、援軍《えんぐん》を送《おく》るかどうか。伊達家《だてけ》では意見《いけん》が対立《たいりつ》していた。

「送《おく》るべきではない。」小十郎《こじゅうろう》は主張《しゅちょう》した。「景勝《かげかつ》と義光《よしあき》とを戦《たたか》わせて、おたがい疲《つか》れたところをみはからって、会津《あいづ》に攻《せ》めこむべきだ。」

小十郎《こじゅうろう》の意見《いけん》は、ある意味《いみ》で的《まと》を射《い》ていた。上杉《うえすぎ》が最上《もがみ》とのいくさで戦力《せんりょく》をかなり使《つか》いはたしたあと、上杉《うえすぎ》を攻《せ》めれば、若松城《わかまつじょう》を落《お》とせるかもしれなかった。政宗《まさむね》も、できるならその作戦《さくせん》をとりたかった。だが、政宗《まさむね》にはひっかかるものがあった。秀吉《ひでよし》によって三度《ど》もあぶないめにあわされてきた政宗《まさむね》には、最上《もがみ》を見殺《みごろ》しにした場合《ばあい》のあやうさを感《かん》じたのだ。

もしも上杉《うえすぎ》によって、最上《もがみ》が壊滅《かいめつ》してしまえば、家康《いえやす》はどう思《おも》うだろう？　西軍《せいぐん》との戦《たたか》いで、東軍《とうぐん》の家康《いえやす》が負《ま》けるとは思《おも》えなかった。もしも家康《いえやす》が西軍《せいぐん》に勝《か》ったら、そのあと家《いえ》康《やす》は、伊達《だて》のことをどう思《おも》うか？

――同盟軍《どうめいぐん》である最上《もがみ》を見殺《みごろ》しにしたな、政宗《まさむね》。

家康《いえやす》はそう怒《おこ》るだろう。それを口実《こうじつ》に、伊達《だて》をとりつぶすかもしれない……。だめだ、のちのち家康《いえやす》を怒《おこ》らせるようなことは、するべきではない。

政宗《まさむね》は最上《もがみ》に援軍《えんぐん》を送《おく》ることを決《き》めた。九月《がつ》十六日《にち》、政宗《まさむね》は留守政景《るすまさかげ》に命《めい》じて、山形城《やまがたじょう》の救援《きゅうえん》に向《む》かわせた。

その一方《いっぽう》で、政宗自身《まさむねじしん》は北目城《きためじょう》から、福島城《ふくしまじょう》を攻《せ》め取《と》る準備《じゅんび》をしていた。ところが三十日《にち》に、家康《いえやす》からの文《ふみ》が届《とど》いた。そこには、おどろくべきことが書《か》かれていた。

――九月《がつ》十五日《にち》、関ヶ原《せきがはら》で、石田三成《いしだみつなり》はじめ、小西行長《こにしゆきなが》、長宗我部元親《ちょうそかべもとちか》など、西軍《せいぐん》をことごとく討《う》ち取《と》った……。

「馬鹿《ばか》なっ！」政宗《まさむね》は天《てん》をあおいで、さけんだ。「たった一日《にち》で、勝負《しょうぶ》がついたというのか！」

なんという家康《いえやす》の運《うん》の強《つよ》さか。百年以上前《ねんいじょうまえ》に、細川勝元《ほそかわかつもと》ひきいる東軍《とうぐん》と山名宗全《やまなそうぜん》ひきいる西軍《せいぐん》が、ふたつに分《わ》かれて戦《たたか》った、あの「応仁《おうにん》の乱《らん》」のように、いくさは長引《ながび》くだろう。そのあいだに取《と》れるものはすべて取《と》っておけ。

そう思《おも》っていたのが、ふいになってしまったのだ。その文《ふみ》には「いくさをやめよ。」との家康《いえやす》の命令《めいれい》はなかった。しかし、東軍《とうぐん》が大勝《たいしょう》した以上《いじょう》、家康《いえやす》にことわりなしに戦《たたか》うことは、もはやできなかった。

「無念《むねん》だが、やむをえない。」

政宗《まさむね》は、信夫郡《しのぶぐん》、伊達郡《だてぐん》を攻《せ》めようとしていた兵《へい》を、いったんひかせた。その地《ち》はもともと伊達家《だてけ》の先祖代々《せんぞだいだい》の地《ち》だった。一日《いちにち》も早《はや》く攻《せ》め取《と》りたい気持《きも》ちを、政宗《まさむね》はこらえた。

しかし、たまらず、十月六日《がつむいか》、福島城《ふくしまじょう》を攻《せ》めた。そして落城寸前《らくじょうすんぜん》まで攻《せ》め立《た》てたあと、兵《へい》をひいた。家康《いえやす》にことわらず、上杉領《うえすぎりょう》を攻《せ》め取《と》ることに、後《うし》ろめたさを覚《おぼ》えたからだった。

さらに、もうひとつの問題《もんだい》があった。陸奥和賀郡《むつわがぐん》は、和賀忠親《わがただちか》の領地《りょうち》だったが、みずから小田原参陣《おだわらさんじん》をせず、代《か》わりの者《もの》に行《い》かせたことで、秀吉《ひでよし》の怒《いか》りを買《か》い、領地《りょうち》を取《と》り上《あ》げられ、南部信直《なんぶのぶなお》にあたえられていた。

政宗《まさむね》のもとに身《み》を寄《よ》せ、失地回復《しっちかいふく》をねらっていた和賀忠親《わがただちか》に、政宗《まさむね》は九月二十日《がつはつか》に兵《へい》をあげさせた。そして水沢城《みずさわじょう》の白石宗直《しろいしむねなお》に「和賀《わが》を助《たす》けよ。」と命《めい》じ、南部《なんぶ》を攻《せ》めさせた。東軍《とうぐん》と西軍《せいぐん》のいくさにまぎれ、南部《なんぶ》の地《ち》を、伊達《だて》の勢力下《せいりょくか》に置《お》こうと思《おも》ったからだ。

しかし、たまたまその地《ち》に来《き》ていた家康《いえやす》の鷹匠《たかじょう》（主君《しゅくん》の鷹《たか》を飼《か》う役職《やくしょく》）によって、このことが知《し》られてしまった。

「政宗《まさむね》め、太閤《たいこう》にとがめられたときにこりず、欲《よく》を出《だ》したな。」家康《いえやす》は、政宗《まさむね》に使者《ししゃ》を送《おく》った。「和賀一揆《わがいっき》について取《と》り調《しら》べたい。和賀忠親《わがただちか》を上洛《じょうらく》させよ。」

まずい。政宗《まさむね》はあせった。和賀一揆《わがいっき》は、政宗《まさむね》が後《うし》ろで糸《いと》をひいている。そう思《おも》われたら、どうなるか？　家康《いえやす》は怒《いか》り、伊達《だて》の領土《りょうど》をすべて取《と》り上《あ》げるかも知《し》れない。和賀《わが》を上洛《じょうらく》させるのは危険《きけん》だ。頭《あたま》をかかえる政宗《まさむね》に、小十郎《こじゅうろう》が言《い》った。

「殿《との》、わたくしに、おまかせください。」

政宗《まさむね》はたずねた。

「どうするのだ、小十郎《こじゅうろう》？」

「なにとぞ、おまかせを。」

小十郎《こじゅうろう》はくりかえした。

その結果《けっか》、和賀忠親《わがただちか》は八人《にん》の家臣《かしん》とともに、白石宗直《しろいしむねなお》の手《て》で、闇討《やみう》ちにされた。死人《しにん》に口《くち》なしとなり、家康《いえやす》は、和賀一揆《わがいっき》について、調《しら》べるすべがなくなった。しかし、家康《いえやす》にとって、これは悪《わる》いことばかりではなかった。

「ふ、政宗《まさむね》め。これで、あの覚《おぼ》え書《が》きは、なしだな。」

家康《いえやす》は笑《わら》って、井伊直政《いいなおまさ》に言《い》った。

「はっ。政宗《まさむね》もおろかなことをしましたな。」直政《なおまさ》は言《い》った。「もしも、七か所《しょ》をあたえるという内府《ないふ》の覚《おぼ》え書《が》きの実行《じっこう》を、政宗《まさむね》が要求《ようきゅう》してきたら、和賀《わが》の一揆《いっき》を助《たす》けたのはだれで、殺《ころ》したのはだれだと、たずねれば、よろしいのですからな。」

関《せき》ヶ原《がはら》の戦《たたか》いのあと、東軍《とうぐん》の大名《だいみょう》たちは、家康《いえやす》により、大幅《おおはば》な加増《かぞう》を受《う》けた。

福島正則《ふくしままさのり》は、尾張清須《おわりきよす》二十万石《まんごく》が、安芸広島《あきひろしま》四十九万《まん》八千三百石《こく》になった。黒田長政《くろだながまさ》は、豊前中津《ぶぜんなかつ》十八万《まん》一千石《ごく》が、筑前名島《ちくぜんなじま》五十二万《まん》三千石《ごく》となった。田中吉政《たなかよしまさ》は、三河岡崎《みかわおかざき》十万石《まんごく》が、筑後柳河《ちくごやながわ》三十二万《まん》五千石《ごく》となった。

しかし、政宗《まさむね》の加増《かぞう》は、たった二万石《まんごく》だけだった。上杉景勝《うえすぎかげかつ》の動《うご》きを封《ふう》じ、最上《もがみ》を助《たす》けたにもかかわらず、それだけしか加増《かぞう》されなかった。

あくる慶長《けいちょう》六年《ねん》(一六〇一年《ねん》)、近江《おうみ》の地《ち》に五千石《ごく》をあたえられ、ようやく六十万《まん》五千石《ごく》となったが、『百万石《まんごく》の覚《おぼ》え書《が》き』はついに実現《じつげん》しなかった。政宗《まさむね》も、和賀一揆《わがいっき》の弱《よわ》みがあり、家康《いえやす》にたいして、覚《おぼ》え書《が》きの実行《じっこう》を要求《ようきゅう》することはできなかった。

——東西両軍《とうざいりょうぐん》のいくさが長引《ながび》くあいだに、まず上杉《うえすぎ》百二十万石《まんごく》をほろぼす。ついで最上《もがみ》二十四万石《まんごく》を攻《せ》め取《と》る。すると伊達《だて》は二百四十四万石《まんごく》の『奥羽《おうう》の王《おう》』となる。そうなれば、二百四十二万石《まんごく》の家康《いえやす》と、天下争《てんかあらそ》いができる。

政宗《まさむね》がひそかに抱《いだ》いていた壮大《そうだい》な計画《けいかく》がつぶれたばかりか、家康《いえやす》の出《だ》した覚《おぼ》え書《が》きのとおりに「伊達《だて》百万石《まんごく》」となる夢《ゆめ》も消《き》えてしまったのだ。

「まあ、よい。」政宗《まさむね》は気持《きも》ちを切《き》り換《か》えた。「おれはまだ三十五歳《さい》。家康《いえやす》は六十歳《さい》。いずれその時《とき》が来《く》る。その時《とき》までは家康《いえやす》にさからわず、おとなしくしておくことだ。心身《しんしん》をすこやかに保《たも》ち、鍛錬《たんれん》を欠《か》かさずに、その時《とき》を待《ま》とう……。」

第《だい》二十二章《しょう》　ヨーロッパへの使節派遣《しせつはけん》

もともと政宗《まさむね》は、虎哉和尚《こさいおしょう》の教《おし》えによる武芸《ぶげい》や学問《がくもん》だけでなく、父輝宗《ちちてるむね》の影響《えいきょう》で、茶《ちゃ》の湯《ゆ》、香道《こうどう》、猿楽《さるがく》（能学《のうがく》）といった芸道《げいどう》、さらには蹴鞠《けまり》や鷹狩《たかが》りなど、はばひろい教養《きょうよう》を身《み》につけていた。それにくわえ、体《からだ》をすこやかに保《たも》つための養生法《ようじょうほう》をおこなっていた。

毎日《まいにち》、明《あ》け六《む》つ（午前六時《ごぜんじ》）、政宗《まさむね》は起《お》きた。みずから櫛《くし》を使《つか》い、髪《かみ》をゆいなおし、顔《かお》を洗《あら》った。それから便所《べんじょ》をすませ、行水《ぎょうずい》をおこなった。

そのあと小袖《こそで》に着替《きか》え、食膳《しょくぜん》についた。表座敷《おもてざしき》の朝食《ちょうしょく》には、小姓頭衆《こしょうがしらしゅう》や奉行衆《ぶぎょうしゅう》、同朋衆《どうぼうしゅう》（身辺《しんぺん》の世話係《せわがかり》）もともにしたが、みなが食《た》べ終《お》わるまで、政宗《まさむね》は待《ま》った。けっして急《いそ》がせず、雑談《ざつだん》をしながら、くつろいだ朝食《ちょうしょく》の時間《じかん》を過《す》ごした。

それから、御座《ござ》の間《ま》で、政務《せいむ》をおこなった。ときには短《みじか》い昼寝《ひるね》をとった。

八《や》つの刻《こく》（午後二時《ごごじ》）に仕事《しごと》を終《お》えると、閑所《かんじょ》に入《はい》った。閑所《かんじょ》は二畳《じょう》のひろさで、虫《むし》など入《はい》らないよう、障子《しょうじ》に絹《きぬ》の布《ぬの》が張《は》ってあり、冬《ふゆ》には火桶《ひおけ》などの暖房《だんぼう》がそなえられ、三段《だん》の吊《つ》り棚《だな》には種々《しゅじゅ》の書物《しょもつ》が置《お》かれ、すずりや筆《ふで》、和紙《わし》などが整《ととの》えられていた。

ここで政宗《まさむね》は夕食《ゆうしょく》の献立《こんだて》を考《かんが》え、その調理法《ちょうりほう》を、外《そと》にひかえている小姓《こしょう》に指示《しじ》した。書《か》き付《つ》けや日記《にっき》もここですませた。閑所《かんじょ》は、落《お》ち着《つ》いてものを考《かんが》える、瞑想《めいそう》の場《ば》でもあった。

政宗《まさむね》は日《ひ》ごろから「薄着《うすぎ》」を心《こころ》がけ、脈《みゃく》をはかって体調《たいちょう》を整《ととの》える「推脈《すいみゃく》」、水《みず》を飲《の》んで体調《たいちょう》を整《ととの》える「大茶碗《おおちゃわん》の飲水《のみみず》」などの養生健康法《ようじょうけんこうほう》をおこたらなかった。

このようにして鍛錬《たんれん》をかかさず、規則正《きそくただ》しい生活《せいかつ》を続《つづ》けながら、政宗《まさむね》はその時《とき》が来《く》るのを待《ま》ちつづけた。

慶長五年《けいちょうねん》(一六〇〇年《ねん》)、十二月《がつ》。家康《いえやす》からのゆるしをようやくえて、政宗《まさむね》は、岩出山《いわでやま》から南《みなみ》へ十一里《り》(約《やく》四十五キロ)に位置《いち》する千代《せんだい》に、城《しろ》を移《うつ》した。そのとき、千代《せんだい》を、「仙人《せんにん》の住《す》む高台《たかだい》——仙台《せんだい》」と名《な》を改《あらた》め、青葉山《あおばやま》にあった古城《こじょう》を、大規模《だいきぼ》につくりなおすことにした。

そこは北《きた》・西《にし》・南《みなみ》の三方《ぼう》を山《やま》や谷《たに》にかこまれ、東側《ひがしがわ》には広瀬川《ひろせがわ》と断崖《だんがい》が敵《てき》の侵入《しんにゅう》をふせぐ天然《てんねん》の要害《ようがい》となっていて、奥羽随一《おううずいいち》の巨大《きょだい》な城《しろ》となるはずだった。

「いざとなったら、この城《しろ》で、徳川軍《とくがわぐん》をむかえ討《う》つ。」

政宗《まさむね》の胸《むね》には、その思《おも》いがあった。そのためには、幻《まぼろし》となったものの「百万石大名《まんごくだいみょう》にふさわしい城《しろ》」をつくろうと考《かんが》えたのだ。

慶長六年《けいちょうねん》から、仙台城《せんだいじょう》の築城工事《ちくじょうこうじ》が始《はじ》まった。それと並行《へいこう》し、政宗《まさむね》は仙台《せんだい》の地《ち》を区割《くわ》りして、巨大《きょだい》な城《しろ》にふさわしい、新《あたら》しい城下町《じょうかまち》をきずこうとした。新田《しんでん》を開発《かいはつ》し、寺社《じしゃ》を建《けん》造《ぞう》し、河川《かせん》を改修《かいしゅう》し、領国《りょうごく》の経営《けいえい》に、政宗《まさむね》は熱心《ねっしん》に力《ちから》をそそいだ。

慶長六年《けいちょうねん》、二月《がつ》。

「上杉《うえすぎ》を討《う》て。」

家康《いえやす》に命《めい》じられ、政宗《まさむね》は、伊達郡《だてぐん》や信夫郡《しのぶぐん》に出陣《しゅつじん》した。しかし、上杉《うえすぎ》とのいくさは決着《けっちゃく》がつかないまま、八月《がつ》に終《お》わった。景勝《かげかつ》が、家康《いえやす》の次男《じなん》である結城秀康《ゆうきひでやす》の取《と》りなしにより、大坂城《おおざかじょう》の西《にし》の丸《まる》で、家康《いえやす》にしたがうことを誓《ちか》ったのだ。

その結果《けっか》、上杉家《うえすぎけ》は、それまでの会津《あいづ》百二十万石《まんごく》の大大名《だいだいみょう》から、わずかに米沢《よねざわ》三十万石《まんごく》の大名《だいみょう》に減封《げんぽう》された。そして、政宗《まさむね》に加増《かぞう》はなかった。

慶長《けいちょう》八年《ねん》（一六〇三年《ねん》）の正月《しょうがつ》を、政宗《まさむね》は、家康《いえやす》にあたえられた江戸《えど》桜田《さくらだ》の屋敷《やしき》でむかえた。伏見《ふしみ》にいた愛姫《めごひめ》と嫡男《ちゃくなん》の虎菊丸《とらきくまる》も、江戸《えど》へ移《うつ》ってきた。

二月十二日《にち》。家康《いえやす》は征夷大将軍《せいいたいしょうぐん》に任《にん》ぜられ、名実《めいじつ》ともに武家《ぶけ》の棟梁《とうりょう》となり、江戸《えど》に幕府《ばくふ》を開《ひら》いた。政宗《まさむね》はため息《いき》をついた。

「家康《いえやす》が、ついに将軍《しょうぐん》となったか……。」

みずからの天下《てんか》取《と》りの野心《やしん》をとりあえず封《ふう》じこめ、政宗《まさむね》は、徳川家《とくがわけ》にしたがう一大名《いちだいみょう》として、一年交代《ねんこうたい》で、仙台《せんだい》と江戸《えど》とで暮《く》らすことになった。

慶長《けいちょう》十年《ねん》（一六〇五年《ねん》）、家康《いえやす》はわずか二年《ねん》で将軍《しょうぐん》をしりぞき、秀忠《ひでただ》が第《だい》二代将軍《だいしょうぐん》となった。

——将軍《しょうぐん》は徳川家《とくがわけ》が代々《だいだい》ついでいく、と全国《ぜんこく》の大名《だいみょう》たちに知《し》らしめたのだ。

「なんたる、無礼《ぶれい》。あるじの豊臣家《とよとみけ》をさしおいて、家老《かろう》の身《み》の徳川《とくがわ》が、好《す》き勝手《かって》に天下《てんか》を動《うご》かすとは。」

大坂城《おおざかじょう》の淀君《よどぎみ》は怒《おこ》ったが、関ヶ原《せきがはら》の戦《たたか》いのあと、六十五万石《まんごく》の一大名《いちだいみょう》に転落《てんらく》した豊臣秀頼《とよとみひでより》には、もはやどうすることもできなかった。

このとき政宗《まさむね》は、二代将軍宣下《だいしょうぐんせんげ》のために上洛《じょうらく》する秀忠《ひでただ》にしたがい、先駆《せんく》をつとめた。

慶長《けいちょう》十一年《ねん》（一六〇六年《ねん》）、十一月《がつ》。

政宗《まさむね》は江戸《えど》へのぼった。十三歳《さい》の五郎八姫《いろはひめ》と、家康《いえやす》の六男《なん》で十五歳《さい》の松平忠輝《まつだいらただてる》との結婚《けっこん》のためだった。十二月《がつ》二十四日《か》、ふたりの祝言《しゅうげん》がおこなわれた。忠輝《ただてる》の付《つ》け家老《がろう》が大久保《おおくぼ》長安《ながやす》だった。

長安《ながやす》は、もとは武田信玄《たけだしんげん》につかえる猿楽師《さるがくし》だった。武田家《たけだけ》が滅亡《めつぼう》したあと、家康《いえやす》にとりたてられ、関東《かんとう》の検地《けんち》に力《ちから》を発揮《はっき》し、佐渡金山《さどきんざん》、石見銀山《いわみぎんざん》、伊豆金山《いずきんざん》などの総奉行《そうぶぎょう》となり、徳川家《とくがわけ》の財政《ざいせい》の基礎《きそ》をきずきあげ、「天下《てんか》の総代官《そうだいかん》」と呼《よ》ばれていた。

長安《ながやす》は、忠輝《ただてる》と五郎八姫《いろはひめ》の結婚《けっこん》の介添《かいぞ》え役《やく》もつとめていた。仙台《せんだい》がすぐれた金山地帯《きんざんちたい》であったこともあり、政宗《まさむね》は長安《ながやす》と親《した》しくなった。

「ゆだんのならない人物《じんぶつ》だが、巨額《きょがく》の金銀《きんぎん》をたくわえており、いざとなったとき、役《やく》に立《た》つ。」

政宗《まさむね》は長安《ながやす》をそう見《み》ていた。長安《ながやす》も、政宗《まさむね》の胸《むね》に秘《ひ》めた野望《やぼう》を、見抜《みぬ》いていた。

「政宗《まさむね》さまのむすめむこ、忠輝《ただてる》さまは、たぐいまれな素質《そしつ》をお持《も》ちのお方《かた》。ゆくゆくは将軍《しょうぐん》になっていただくというのは、いかがでしょうかな？」

長安《ながやす》は、ふたりきりのときには、政宗《まさむね》にそうささやくこともあった。

「めったなことを言《い》うな、長安《ながやす》。」

政宗《まさむね》はたしなめたが、心《こころ》の中《なか》では、「なるほど、忠輝《ただてる》をかつぐ、か。」と考《かんが》えた。

忠輝《ただてる》は、家康《いえやす》に従順《じゅうじゅん》な秀忠《ひでただ》とちがって、若武者《わかむしゃ》らしい突飛《とっぴ》な行動《こうどう》をするなど、荒々《あらあら》しい気性《きしょう》を持《も》っていた。海外《かいがい》への交易《こうえき》に興味《きょうみ》を抱《いだ》き、茶道《さどう》や絵画《かいが》にも通《つう》じていた。

「たしかに、その手《て》はある。長安《ながやす》がたくわえた莫大《ばくだい》な金銀《きんぎん》を使《つか》って、若《わか》い忠輝《ただてる》を将軍《しょうぐん》につけ、舅《しゅうと》であるおれが後見《こうけん》として、天下《てんか》を思《おも》いのままに牛耳《ぎゅうじ》る。その策《さく》は、悪《わる》くない……。」

しかし、それを実現《じつげん》するためには、乗《の》り越《こ》えねばならない難関《なんかん》がひかえていた。大御所《おおごしょ》として力《ちから》をふるう家康《いえやす》や、二代将軍《だいしょうぐん》の秀忠《ひでただ》をしりぞけるのは、容易《ようい》なことではなかった。

「あせってはならない。いまは時《とき》を待《ま》つことだ……。」

政宗《まさむね》は伊達藩《だてはん》の経済力《けいざいりょく》を高《たか》めるために、さらに多《おお》くの新田《しんでん》を開発《かいはつ》させ、金山銀山《きんざんぎんざん》を発掘《はっくつ》させた。この結果《けっか》、伊達藩《だてはん》は表向《おもてむ》き六十二万石《まんごく》とされていたが、実質《じっしつ》は百万石《まんごく》を超《こ》える経済力《けいざいりょく》をそなえるようになった。

慶長十三年《けいちょうねん》（一六〇八年《ねん》）、政宗《まさむね》は、フランシスコ会《かい》の宣教師《せんきょうし》、ルイス・ソテロと親《した》しくなった。

きっかけは、政宗《まさむね》の侍女《じじょ》の病《やまい》だった。政宗《まさむね》につかえていた医師《いし》が治《なお》せなかった病《やまい》を、ソテロの口《くち》ききにより、江戸浅草《えどあさくさ》のキリシタン病院《びょういん》のブルギリヨという修道士《しゅうどうし》が治《なお》したのだ。

「西洋医術《せいよういじゅつ》というのは、すばらしいものだ。」

政宗《まさむね》は、このときから西洋《せいよう》とその文明《ぶんめい》に、強《つよ》い関心《かんしん》を抱《いだ》くようになった。ソテロは、キリシタンになるよう熱心《ねっしん》にすすめたが、政宗《まさむね》はことわった。秀吉《ひでよし》はキリスト教《きょう》を禁《きん》じていたし、家康《いえやす》もいずれ禁止《きんし》することがわかっていたからだ。しかし、「家臣《かしん》たちが洗礼《せんれい》を受《う》けるのはかまわない。」として、ソテロには、仙台領内《せんだいりょうない》での布教活動《ふきょうかつどう》をゆるした。

慶長《けいちょう》十六年《ねん》（一六一一年《ねん》）の四月《がつ》、イスパニア（いまのスペイン）から、通商貿易《つうしょうぼうえき》の正《せい》使《し》として、ビスカイノが日本《にっぽん》にやってきた。ビスカイノは家康《いえやす》と面会《めんかい》し、「通商貿易《つうしょうぼうえき》に便《べん》利《り》な港《みなと》をさがしたい。」と申《もう》しこみ、日本《にっぽん》の東海岸《ひがしかいがん》の測量《そくりょう》を、家康《いえやす》にゆるされた。

ビスカイノの通訳《つうやく》となったのがソテロだった。政宗《まさむね》とビスカイノ、ソテロの三人《にん》が出《で》会《あ》ったことから、「慶長遣欧使節《けいちょうけんおうしせつ》」がヨーロッパに送《おく》られるきっかけとなった。

ソテロとビスカイノから、ヨーロッパの話《はなし》を聞《き》いた政宗《まさむね》は、すぐれた造船術《ぞうせんじゅつ》や航海術《こうかいじゅつ》に興味《きょうみ》を抱《いだ》いた。とりわけ関心《かんしん》を抱《いだ》いたのは、鉱山《こうざん》を掘《ほ》る技術《ぎじゅつ》だった。政宗《まさむね》は長安《ながやす》と相談《そうだん》した。

「ノビスパニア（いまのメキシコ）は、世界一《せかいいち》の銀産国《ぎんさんこく》だ。その技術《ぎじゅつ》を仙台《せんだい》の金山《きんざん》に応用《おうよう》すれば、より多《おお》くの金《きん》が産出《さんしゅつ》できる。さらに、イスパニアなどのヨーロッパでは、すぐれた鉱山技術《こうざんぎじゅつ》がつぎつぎと開発《かいはつ》されている。それを導入《どうにゅう》しよう。」

長安《ながやす》との相談《そうだん》がまとまると、政宗《まさむね》は幕府《ばくふ》に、「造船《ぞうせん》とヨーロッパへの使節派遣《しせつはけん》」を申《もう》し出《で》た。家康《いえやす》は、大名《だいみょう》が勝手《かって》に大型船《おおがたせん》をつくることを禁《きん》じていたが、政宗《まさむね》の申《もう》し出《で》をゆるした。

「よかろう、船《ふね》をつくるがいい。」

ぶじに許可《きょか》をえて、慶長《けいちょう》十八年《ねん》（一六一三年《ねん》）の三月《がつ》から、伊達藩《だてはん》の資金《しきん》と人材《じんざい》を投《とう》じて、造船《ぞうせん》が始《はじ》まった。

このころ、ひそかに、ささやかれているうわさがあった。

――大久保長安《おおくぼながやす》は、巨額《きょがく》の軍資金《ぐんしきん》で、異国《いこく》の軍隊《ぐんたい》をひきいれて、幕府《ばくふ》を倒《たお》し、松平忠輝《まつだいらただてる》を帝王《ていおう》にして、みずからは関白《かんぱく》におさまろうとしている。

さらに、政宗《まさむね》に関《かん》しての風聞《ふうぶん》も流《なが》れた。

――政宗《まさむね》は、むすめむこの忠輝《ただてる》を将軍《しょうぐん》につけようと、長安《ながやす》と組《く》んで倒幕《とうばく》しようとしている。そのために、イスパニアと軍事同盟《ぐんじどうめい》をむすんで、艦隊《かんたい》を呼《よ》びこもうとしている。

ところが四月《がつ》二十五日《にち》、長安《ながやす》が病《やまい》により、六十九歳《さい》で死《し》んでしまった。

「なにっ、長安《ながやす》が。」

政宗《まさむね》は失望《しつぼう》した。長安《ながやす》のたくわえた資金《しきん》は、いざというとき役立《やくだ》つはずだった。長安《ながやす》の死《し》により、事態《じたい》は意外《いがい》な方向《ほうこう》へ動《うご》いた。「長安《ながやす》は、金山銀山《きんざんぎんざん》の取《と》れ高《だか》の一部《いちぶ》を自分《じぶん》のものにしていた。」との疑《うたが》いで、その財産《ざいさん》はすべて没収《ぼっしゅう》され、七人《にん》の子《こ》すべてが死罪《しざい》となった。

まずいことになったぞ。政宗《まさむね》は急《いそ》ぎ仙台《せんだい》へもどり、幕府《ばくふ》の要人《ようじん》たちに初雁《はつかり》、初鮭《はつさけ》、菱喰《ひしくい》(カモ科《か》の鳥《とり》)などの献上品《けんじょうひん》を贈《おく》り届《とど》けた。罪《つみ》を着《き》せられた長安《ながやす》の、道連《みちづ》れになってはならない。

しかし、ささやかれていたうわさについては、根拠《こんきょ》がないとして、忠輝《ただてる》や政宗《まさむね》がとがめられることはなかった。

「まずは、忠輝《ただてる》さまにも、おれにも、妙《みょう》な疑惑《ぎわく》がかけられなくて、よかった。」

政宗《まさむね》は胸《むね》をなでおろした。

慶長《けいちょう》十八年《ねん》(一六一三年《ねん》)の九月《がつ》十五日《にち》、サン・ファン・バウティスタ号《ごう》と名前《なまえ》がつけられて、五百トンを超《こ》える、三本《ぼん》マストの大型洋式帆船《おおがたようしきはんせん》が、牡鹿半島《おしかはんとう》の月浦港《つきのうらこう》から出港《しゅっこう》した。

伊達藩《だてはん》の遣欧使節《けんおうしせつ》として、ノビスパニア、イスパニア、ローマへと向《む》かったのだ。イスパニア王《おう》やローマ法王《ほうおう》へ、『奥羽《おうう》の王《おう》』としての伊達政宗《だてまさむね》の親書《しんしょ》をたずさえた支倉常長《はせくらつねなが》が副使《ふくし》で、ソテロが正使《せいし》だった。

そのほかに、仙台藩士《せんだいはんし》十一名《めい》、幕府船手奉行《ばくふふなてぶぎょう》の家臣《かしん》十名《めい》、イスパニア人《じん》・ポルトガル人《じん》四十名《めい》、貿易商人《ぼうえきしょうにん》やキリシタンなど、あわせて百八十人《にん》が乗《の》りこんでいた。このとき政宗《まさむね》はひそかに考《かんが》えていた。

「もしも常長《つねなが》が、イスパニア王《おう》とたくみに交渉《こうしょう》し、交易《こうえき》を進展《しんてん》させ、さらには世界最強《せかいさいきょう》といわれるイスパニア艦隊《かんたい》を、日本《にっぽん》へ連《つ》れてこさせるだけの力《ちから》があれば、徳川《とくがわ》の天下《てんか》はゆらぐ……。」

ところが、同《おな》じ年《とし》の十二月《がつ》十九日《にち》。幕府《ばくふ》により、宣教師《せんきょうし》の追放令《ついほうれい》と日本人《にほんじん》のキリスト教《きょう》信仰禁止令《しんこうきんしれい》が出《だ》された。

「しまった。家康《いえやす》め、はかったな。伊達藩《だてはん》の遣欧使節《けんおうしせつ》が出《で》ていったすぐあとで、日本《にっぽん》に帰《かえ》ってこられないようにするとは！」

政宗《まさむね》はくちおしかったが、ひとまず幕府《ばくふ》の方針《ほうしん》にしたがい、伊達藩内《だてはんない》のキリスト教《きょう》の信《しん》仰《こう》を禁《きん》じた。

それから七年後《ねんご》の元和《げんな》六年《ねん》（一六二〇年《ねん》）、常長《つねなが》はひっそりともどってきた。常長《つねなが》はローマで、「伊達政宗《だてまさむね》が次《つぎ》の日本《にっぽん》の皇帝《こうてい》となる。」と述《の》べたものの、期待《きたい》した効果《こうか》はなく、政宗《まさむね》が望《のぞ》んだ、イスパニア艦隊《かんたい》を派遣《はけん》するなどの政治的《せいじてき》な同盟《どうめい》や、通商貿易《つうしょうぼうえき》といった実質《じっしつ》的《てき》な成果《せいか》は、なにひとつなかった。

——キリスト教《きょう》とヨーロッパの軍事力《ぐんじりょく》を味方《みかた》につけ、若《わか》い忠輝《ただてる》を旗印《はたじるし》にして、徳川幕府《とくがわばくふ》を相手《あいて》に、天下取《てんかと》りをねらう。

その壮大《そうだい》な計画《けいかく》は、政宗《まさむね》の胸《むね》の奥深《おくふか》くにしまわれたまま、実現《じつげん》することはなかったのだ。

第《だい》二十三章《しょう》　大坂冬《おおざかふゆ》の陣《じん》、夏《なつ》の陣《じん》

関《せき》ヶ原《がはら》の戦《たたか》いから、十四年《ねん》が過《す》ぎた。

めずらしく、いくさのない時《とき》が過《す》ぎていったが、慶長《けいちょう》十九年《ねん》（一六一四年《ねん》）に、ふたたび、いくさが始《はじ》まろうとしていた。家康《いえやす》は、秀忠《ひでただ》のむすめである千姫《せんひめ》のむことなった豊臣《とよとみ》秀頼《ひでより》に、大坂城《おおざかじょう》をしりぞき、徳川幕府《とくがわばくふ》の一大名《いちだいみょう》となることを、つねづね要求《ようきゅう》していた。

しかし、気位《きぐらい》の高《たか》い淀君《よどぎみ》はそれをこばんだ。そして大坂城《おおざかじょう》にたくわえられている豊富《ほうふ》な資金《しきん》を使《つか》って、真田幸村《さなだゆきむら》や後藤又兵衛《ごとうまたべえ》、長宗我部盛親《ちょうそかべもりちか》ら、徳川家《とくがわけ》にほろぼされた大名《だいみょう》や武将《ぶしょう》、浪人《ろうにん》たちを大坂城《おおざかじょう》に集《あつ》めだした。ここにいたって、家康《いえやす》は豊臣家《とよとみけ》をほろぼすことを決《き》めた。

「豊臣秀頼《とよとみひでより》に、徳川家《とくがわけ》へのむほんのきざしあり。」

十月一日《がつついたち》、家康《いえやす》は全国《ぜんこく》の大名《だいみょう》たちに、豊臣家追討《とよとみけついとう》の命令《めいれい》を下《くだ》した。政宗《まさむね》のもとへ出陣命《しゅつじんめい》令《れい》が届《とど》いたのは、十月七日《がつなのか》だった。

「いよいよ、めざわりな豊臣家《とよとみけ》をほろぼそうというのか。」

政宗《まさむね》は、十日《とおか》に仙台《せんだい》を出《で》た。

「小十郎《こじゅうろう》を見舞《みま》おう。」

江戸《えど》への道《みち》すがら、政宗《まさむね》は白石城《しろいしじょう》へ立《た》ち寄《よ》った。小十郎《こじゅうろう》は病《やまい》をわずらい、体《からだ》を動《うご》かすこともままならない状態《じょうたい》だった。

「具合《ぐあい》はどうだ、小十郎《こじゅうろう》。」

小十郎《こじゅうろう》は涙《なみだ》をうかべて、わびた。

「本来《ほんらい》なら、わたくしも殿《との》のそばについて行《い》かねばならないのに、この体《からだ》ではどうすることもできません。もうしわけありません、殿《との》。」

「よい、よい。小十郎《こじゅうろう》、しっかりと養生《ようじょう》するがよい。」

小十郎《こじゅうろう》はしみじみと言《い》った。

「しかし、殿《との》の前《まえ》に、秀吉《ひでよし》さま、家康《いえやす》さまがおられたことが、殿《との》のご不幸《ふこう》でしたな。もしも、あのふたりがおられなかったなら、いまごろは、殿《との》の天下《てんか》でありましたでしょうに……。」

「言《い》うな、小十郎《こじゅうろう》。」

政宗《まさむね》の思《おも》いは複雑《ふくざつ》だった。たしかに自分《じぶん》は生《う》まれるのが遅《おそ》かった。もう少《すこ》し早《はや》く生《う》まれてきていたら。せめて信長《のぶなが》と同《おな》じころに生《う》まれていたら、奥羽《おうう》をまとめ、関東《かんとう》を攻《せ》め、西《にし》へ向《む》かい、天下《てんか》をうかがっていたものを……。だが、まだ、おれはあきらめてはいないぞ……。

小十郎《こじゅうろう》は政宗《まさむね》の手《て》を取《と》り、涙《なみだ》をこぼしながら、言《い》った。

「殿《との》、なにとぞ、わが子《こ》の重綱《しげつな》（のちの重長《しげなが》）をよろしくおたのみもうしあげます。」

「うむ。」政宗《まさむね》はうなずいた。「そなたがそうであったように、片倉家《かたくらけ》の重綱《しげつな》には、わが伊達軍《だてぐん》の先鋒《せんぽう》として、ぞんぶんに働《はたら》いてもらうぞ。」

やせ細《ほそ》った小十郎《こじゅうろう》の手《て》をにぎりながら、政宗《まさむね》は、およそ四十年前《ねんまえ》に、小十郎《こじゅうろう》が腫《は》れ上《あ》がった右目《みぎめ》を突《つ》きつぶしてくれたときのことを、思《おも》った。

「小十郎《こじゅうろう》、さらばだ。」

政宗《まさむね》は後《うし》ろ髪《がみ》をひかれる思《おも》いで、重綱《しげつな》を連《つ》れ、白石城《しろいしじょう》を出《で》た。これが政宗《まさむね》と片倉《かたくら》小十郎《こじゅうろう》

景綱《かげつな》との最後《さいご》の別《わか》れとなった。

政宗《まさむね》は、馬上《ばじょう》七百騎《き》、一万《まん》八千の大軍《たいぐん》をひきいて、十七日《にち》に江戸《えど》へ着《つ》いた。さっそく江《え》戸城《どじょう》へのぼって、秀忠《ひでただ》に面会《めんかい》した。

「伊達《だて》どのには、先手《さきて》をお願《ねが》いしたい。」

秀忠《ひでただ》は政宗《まさむね》に命《めい》じた。

二十日《はつか》に、政宗《まさむね》は江戸《えど》を出発《しゅっぱつ》し、東海道《とうかいどう》を西《にし》へ向《む》かい、十一月《がつ》二十九日《にち》には、仙波《せんば》（船《せん》場《ば》）に陣《じん》をしいた。

大坂冬《おおざかふゆ》の陣《じん》では、「鴫野《しぎの》・今福《いまふく》の戦《たたか》い」、「野田《のだ》・福島《ふくしま》の戦《たたか》い」などがあったが、政宗《まさむね》の活躍《かつやく》する場《ば》はあまりなかった。政宗《まさむね》の耳《みみ》に聞《き》こえてきたのは、大坂城《おおざかじょう》の南《みなみ》に「真田丸《さなだまる》」と名《な》づけた独特《どくとく》な砦《とりで》をきずいて采配《さいはい》をふるう、真田幸村《さなだゆきむら》のあざやかな戦《たたか》いぶりだった。

「真田幸村《さなだゆきむら》か。」

政宗《まさむね》は真田《さなだ》との戦《たたか》いを望《のぞ》んだが、十二月《がつ》十九日《にち》に、大坂城《おおざかじょう》との講和《こうわ》が実現《じつげん》した。大坂城《おおざかじょう》は二《に》の丸《まる》と三《さん》の丸《まる》がこわされ、秀吉《ひでよし》が「これさえあれば、大坂城《おおざかじょう》は落《お》ちない。」と考《かんが》えてつくられた外堀《そとぼり》が、すべて埋《う》めつくされ、本丸《ほんまる》だけを残《のこ》すことになった。

十二月《がつ》二十八日《にち》、家康《いえやす》は、政宗《まさむね》の長子《ちょうし》である秀宗《ひでむね》に、伊予宇和島郡《いようわじまぐん》十万石《まんごく》をあたえ、大名《だいみょう》にとりたてた。

「家康《いえやす》め。おれのきげんをとろうとしているな。」政宗《まさむね》は思《おも》った。「意外《いがい》と、あの百万石《まんごく》のお墨《すみ》つきを、ずっと気《き》にしていたのかもしれない。」

あくる慶長《けいちょう》二十年《ねん》（一六一五年《ねん》）の四月六日《がつむいか》。家康《いえやす》はふたたび大坂追討令《おおざかついとうれい》を出《だ》した。政宗《まさむね》は江戸《えど》を出《で》て、京都《きょうと》に二十一日《にち》に着《つ》いた。伏見城《ふしみじょう》で、軍議《ぐんぎ》がひらかれた。

「政宗《まさむね》は、大和口先手勢《やまとぐちさきてぜい》として、大坂《おおざか》を攻《せ》めよ。」

政宗《まさむね》は胸《むね》がおどった。「真田幸村《さなだゆきむら》と戦《たたか》っても、おれは負《ま》けない。」という、武将《ぶしょう》としての闘争本能《とうそうほんのう》が、政宗《まさむね》をかりたてていた。

伊達軍《だてぐん》は、馬上武者《ばじょうむしゃ》六百二十八騎《き》、鉄砲《てっぽう》三千四百二十挺《ちょう》、槍《やり》千三百六十本《ぽん》、弓《ゆみ》百張《はり》、総勢《そうぜい》一万《まん》五千だった。大和口《やまとぐち》は、大和《やまと》・伊勢《いせ》・越後《えちご》・信濃《しなの》などの軍勢《ぐんぜい》からなる四万数千人《まんすうせんにん》で、総大将《そうだいしょう》は、越後少将《えちごのしょうしょう》の松平忠輝《まつだいらただてる》。政宗《まさむね》は副将《ふくしょう》として、忠輝《ただてる》を後見《こうけん》する立場《たちば》だった。

五月六日《がつむいか》、豊臣方《とよとみがた》の後藤又兵衛《ごとうまたべえ》隊《たい》と、東軍《とうぐん》との戦闘《せんとう》が始《はじ》まった。三千しかいないにもかかわらず、勇猛《ゆうもう》な後藤隊《ごとうたい》のために、東軍《とうぐん》の水野勝成隊《みずのかつなりたい》三千、本多忠政隊《ほんだただまさたい》五千、松平忠明隊《まつだいらただあきらたい》四千が押《お》しまくられた。

「重綱《しげつな》、行《い》けっ！」

政宗《まさむね》に命《めい》じられ、伊達勢《だてぜい》の先鋒《せんぽう》、片倉小十郎重綱《かたくらこじゅうろうしげつな》が攻撃《こうげき》をはじめ、後藤勢《ごとうぜい》を打《う》ち破《やぶ》った。このとき、豪傑《ごうけつ》として知《し》られた後藤又兵衛《ごとうまたべえ》は、討《う》ち死《じ》にした。

「よし、進《すす》めっ！」

政宗《まさむね》はさけんだ。そのとき、真《ま》っ赤《か》な軍団《ぐんだん》があらわれた。真田幸村《さなだゆきむら》の手勢《てぜい》三千だった。

「真田《さなだ》だ。」

政宗《まさむね》の胸《むね》がおどった。ついに、名将真田幸村《めいしょうさなだゆきむら》との決戦《けっせん》が実現《じつげん》したのだ。

「攻《せ》めよ、攻《せ》めよっ！」

伊達政宗《だてまさむね》と真田幸村《さなだゆきむら》という、二大名将《だいめいしょう》による『道明寺《どうみょうじ》の戦《たたか》い』は激戦《げきせん》をきわめた。幸村《ゆきむら》のたくみな戦術《せんじゅつ》により、伊達軍《だてぐん》は切《き》り崩《くず》され、押《お》され気味《ぎみ》になったが、「ひくな、ひくなっ！」という政宗《まさむね》の下知《げじ》で、ふたたび押《お》し返《かえ》した。このとき、忠輝《ただてる》が政宗《まさむね》に言《い》った。

「舅《しゅうと》どの、次《つぎ》はわたしが戦《たたか》う。」

気《き》がはやって交代《こうたい》しようとする若武者《わかむしゃ》の忠輝《ただてる》を、政宗《まさむね》はおしとどめた。

「いや、忠輝《ただてる》さまは総大将《そうだいしょう》でございますから。」

いくさ上手《じょうず》の幸村《ゆきむら》と戦《たたか》わせて、万一《まんいち》のことがあってはならない。そう思《おも》ったからだ。しかし、このことがのちに忠輝《ただてる》を破滅《はめつ》させることになるとは、政宗《まさむね》は思《おも》いもしなかった。

日《ひ》が暮《く》れて、幸村《ゆきむら》が大坂城《おおざかじょう》に退却《たいきゃく》し、両者《りょうしゃ》の戦《たたか》いは引《ひ》き分《わ》けに終《お》わった。

あくる、五月七日《がつなのか》。真田幸村《さなだゆきむら》は、ねらいを家康《いえやす》ひとりにしぼって、東軍《とうぐん》の本陣《ほんじん》に突撃《とつげき》し、あわやというところまで家康《いえやす》を追《お》いつめたが、目的《もくてき》をはたせず、四方《しほう》を東軍《とうぐん》にかこまれ、討《う》ち死《じ》にした。幸村《ゆきむら》の死《し》とほぼ同時《どうじ》に、大坂城《おおざかじょう》は炎上《えんじょう》し、陥落《かんらく》した。

大坂夏《おおざかなつ》の陣《じん》の戦《たたか》いが終《お》わり、豊臣家《とよとみけ》がほろび去《さ》ったあと、江戸《えど》にもどった政宗《まさむね》のもとに、知《し》らせが来《き》た。

「なんと。」

それは小十郎《こじゅうろう》が死《し》んだという知《し》らせだった。

「小十郎《こじゅうろう》……。」

政宗《まさむね》は、白石城《しろいしじょう》のある方角《ほうがく》を向《む》いて、両手《りょうて》で、大《おお》きく音《おと》を打《う》ち鳴《な》らした。

――孤掌《こしょう》鳴《な》り難《がた》し。

虎哉和尚《こさいおしょう》が教《おし》えたように、右手《みぎて》と左手《ひだりて》とで、はじめて音《おと》は鳴《な》るのだ。小十郎《こじゅうろう》はまさしくおれの左手《ひだりて》だった。小十郎《こじゅうろう》の助《たす》けがあって、おれはこれまで戦《たたか》ってこられたのだ……。

「小十郎《こじゅうろう》よ、そなたを、金《きん》の鎖《くさり》にても、この世《よ》につなぎとめておきたかった……。」

政宗《まさむね》はそうつぶやいて、はらはらと涙《なみだ》を落《お》とした。

第《だい》二十四章《しょう》　馬上少年過《ばじょうしょうねんす》ぐ

元和《げんな》二年《ねん》（一六一六年《ねん》）、正月《しょうがつ》二十一日《にち》。家康《いえやす》が発病《はつびょう》した。この知《し》らせが全国《ぜんこく》をかけめぐったとき、あるうわさが立《た》った。

——政宗《まさむね》が、江戸幕府《えどばくふ》を倒《たお》そうと、むほんの兵《へい》をあげる。

うわさはたちまち全国《ぜんこく》を飛《と》びかった。当時《とうじ》、平戸商館長《ひらとしょうかんちょう》だったリチャード・コックスは日記《にっき》に記《しる》している。——皇帝《こうてい》（家康《いえやす》）とその子《こ》カルサ（上総介忠輝《かずさのすけただてる》）さまとのあいだに、戦争《せんそう》が起《お》こりかけている。カルサさまの背後《はいご》には、義理《ぎり》の父政宗《ちちまさむね》どのが付《つ》いている。

江戸《えど》にいた小倉城主《こくらじょうしゅ》の細川忠興《ほそかわただおき》は、嫡男《ちゃくなん》の忠利《ただとし》にあてて、政宗《まさむね》のむほんのうわさを伝《つた》え、いざというときの用意《ようい》をするようにと命《めい》じた。

そのとき政宗《まさむね》は、正月《しょうがつ》を仙台《せんだい》で過《す》ごしていたが、家康《いえやす》の病《やまい》を聞《き》き、二月《がつ》二十二日《にち》、駿府《すんぷ》城《じょう》の家康《いえやす》を見舞《みま》った。家康《いえやす》は政宗《まさむね》を枕《まくら》もとに招《まね》いて、言《い》った。

「政宗《まさむね》よ。そなたほどの者《もの》だ。わしがいなくなったら、次《つぎ》の天下《てんか》をねらうつもりであろうな。」

家康《いえやす》は、かつての秀吉《ひでよし》のように、それを案《あん》じているのか。しかし、あのときの秀頼《ひでより》はまだ幼《おさな》く、豊臣家《とよとみけ》は盤石《ばんじゃく》ではなかった。それに比《くら》べ、いまの徳川家《とくがわけ》はゆるぎなく、二代将軍《だいしょうぐん》の秀忠《ひでただ》が江戸《えど》で幕府《ばくふ》を開《ひら》いている。政宗《まさむね》はゆっくりと首《くび》をふった。

「そのようなこと、政宗《まさむね》、けっしていたしません。」

「まことか、政宗《まさむね》。」

家康《いえやす》は念《ねん》を押《お》した。

「まことでございます。」

政宗《まさむね》が言《い》うと、家康《いえやす》はかすかに笑《わら》った。

「それを聞《き》いて、安心《あんしん》した。政宗《まさむね》よ、そなたにとっては、秀忠《ひでただ》はたよりない将軍《しょうぐん》に思《おも》えるかもしれないが、たのむぞ、秀忠《ひでただ》をもりたててくれ。」

「ははっ。」政宗《まさむね》は言《い》った。「政宗《まさむね》、命《いのち》をかけて秀忠《ひでただ》さまをお守《まも》りすることを誓《ちか》います。」

四月十七日《がつにち》。徳川家康《とくがわいえやす》が、多《おお》くの子《こ》や重臣《じゅうしん》にかこまれて息《いき》をひきとった。このとき家康《いえやす》は、秀忠《ひでただ》、義直《よしなお》、頼宣《よりのぶ》、頼房《よりふさ》ら、実《じつ》の子《こ》をいまわのきわに呼《よ》んだが、大坂夏《おおざかなつ》の陣《じん》で軍功《ぐんこう》をあげなかったとして、六男《なん》の忠輝《ただてる》だけは呼《よ》ばなかった。

「家康《いえやす》が、ついに死《し》んだか。」

このとき五十歳《さい》の政宗《まさむね》は迷《まよ》っていた。将軍家《しょうぐんけ》と本気《ほんき》で戦《たたか》うかどうか？　越後《えちご》七十五万石《まんごく》の松平忠輝《まつだいらただてる》をかついで、伊達《だて》六十二万石《まんごく》が、将軍家《しょうぐんけ》と戦《たたか》うとしたら、決戦《けっせん》の場《ば》をどこにするか？　もしも敗《やぶ》れたときには、どこで切腹《せっぷく》するか？　……。

だが、政宗《まさむね》の夢《ゆめ》は打《う》ち砕《くだ》かれた。家康《いえやす》の死《し》から、三か月《げつ》もたたない七月六日《がつむいか》、忠輝《ただてる》が越後《えちご》七十五万石《まんごく》を取《と》り上《あ》げられ、伊勢《いせ》に流《なが》されたのだ。改易《かいえき》の理由《りゆう》のひとつが、大坂夏《おおざかなつ》の陣《じん》で忠輝《ただてる》が戦《たたか》いに加《くわ》わらなかったことだった。しかし、真《しん》の理由《りゆう》は、将軍秀忠《しょうぐんひでただ》が、なにかとめざわりな弟《おとうと》の忠輝《ただてる》を、早《はや》いうちに取《と》り除《のぞ》こうとしたからだった。

「忠輝《ただてる》さまが……。」

いざとなったとき、旗印《はたじるし》となるはずの忠輝《ただてる》がつぶされてしまったのだ。「すきあらば、天下《てんか》を。」とうかがいつづけた政宗《まさむね》の野望《やぼう》は、ここに完全《かんぜん》についえさってしまった。

「……運命《うんめい》は、われに時《とき》を与《あた》えず、か。」

深《ふか》いため息《いき》をついて、政宗《まさむね》はつぶやいた。

忠輝《ただてる》が流罪《るざい》となり、五郎八姫《いろはひめ》は政宗《まさむね》の元《もと》にもどった。


元和《げんな》三年《ねん》（一六一七年《ねん》）、十二月《がつ》十三日《にち》。政宗《まさむね》の嫡男《ちゃくなん》である忠宗《ただむね》が、将軍秀忠《しょうぐんひでただ》の養女《ようじょ》である振姫《ふりひめ》と、婚姻《こんいん》の式《しき》をあげた。

「暴《あば》れ馬《うま》の政宗《まさむね》を、しっかりつなぎとめておかねばならない。」

秀忠《ひでただ》は、ことあるごとにむほんのうわさが立《た》つ政宗《まさむね》を、将軍家《しょうぐんけ》との新《あら》たな縁《えん》で結《むす》びつけ、おとなしくさせようと考《かんが》えたのだ。

元和《げんな》九年《ねん》（一六二三年《ねん》）、最上家《もがみけ》がとりつぶされたあと、仙台《せんだい》にひきとっていた母《はは》の保春院《ほしゅんいん》が七十六歳《さい》で亡《な》くなった。


寛永《かんえい》三年《ねん》（一六二六年《ねん》）、五月《がつ》。

将軍《しょうぐん》をしりぞいて大御所《おおごしょ》となった秀忠《ひでただ》と三代将軍《だいしょうぐん》の家光《いえみつ》が上洛《じょうらく》するさい、先駆《さきが》けをつとめた六十歳《さい》の政宗《まさむね》は、箱根越《はこねご》えのときに、歌《うた》を詠《よ》んだ。

——見《み》るたびに景色《けしき》ぞ変《か》わる富士《ふじ》の山《やま》　初《はじ》めて向《む》かふ心地《うここち》こそすれ
(何度《なんど》も見《み》ている富士山《ふじさん》だが、見《み》るたびにちがう。いまははじめて見《み》るような心地《ここち》がする。)

しかし、この歌《うた》には、政宗《まさむね》のもうひとつの思《おも》いが隠《かく》されていた。

「天下一《てんかいち》の富士山《ふじさん》を、天下人《てんかびと》となり、伊達軍《だてぐん》をひきいて、ゆうゆうとあおぎ見《み》たい。そう思《おも》っていたが、かなわぬ夢《ゆめ》だったか……。」


それからの政宗《まさむね》は、詩歌《しいか》や能《のう》、華道《かどう》と、文武両道《ぶんぶりょうどう》にたけた「最後《さいご》の戦国武将《せんごくぶしょう》」としての威風《いふう》を保《たも》ちながら、徳川幕府内《とくがわばくふない》で重《おも》きをなしていった。

三代将軍《だいしょうぐん》の家光《いえみつ》は、こよなく政宗《まさむね》を敬愛《けいあい》し、「政宗《まさむね》、いくさの話《はなし》をしてくれ。」と、何度《なんど》もせがんだ。自分《じぶん》と面会《めんかい》するときは、ほかの大名《だいみょう》たちには禁《きん》じていた、脇差《わきざし》をたずさえることを、政宗《まさむね》にだけはゆるした。

寛永九年《かんえいねん》(一六三二年《ねん》)、一月二十四日《がつか》。秀忠《ひでただ》が死《し》んだとき、家光《いえみつ》は江戸城《えどじょう》の大広間《おおひろま》に大名《だいみょう》を集《あつ》めて宣言《せんげん》した。

「予《よ》は、生《う》まれながらの将軍《しょうぐん》である。予《よ》に代《か》わって、天下《てんか》をにぎろうとする者《もの》がいたなら、遠慮《えんりょ》はいらんぞ。」

家光《いえみつ》が居《い》ならぶ大名《だいみょう》に告《つ》げたとき、六十六歳《さい》の政宗《まさむね》は、ずいっと進《すす》み出《で》ていった。

「ただいま天下《てんか》に生《い》きとし生《い》ける、すべてのもので、徳川三代《とくがわさんだい》の恩沢《おんたく》に浴《よく》しないものはひとりもおるまい。万《まん》が一《いち》、異心《いしん》を抱《いだ》くものがあるなら、それがしにおおせつけられよ。それがしがさっそく兵《へい》をひきいて、そやつを征伐《せいばつ》いたす。」

大名《だいみょう》たちは息《いき》をのんで、政宗《まさむね》を見《み》やり、家光《いえみつ》にひれ伏《ふ》した。このとき政宗《まさむね》は、徳川家光《とくがわいえみつ》の後見人《こうけんにん》であり、「天下《てんか》の副将軍《ふくしょうぐん》」としての立場《たちば》をあきらかにしたのである。

のちに政宗《まさむね》は、仙台郊外《せんだいこうがい》の若林《わかばやし》に、館《やかた》をきずいて、住《す》んだ。しかし、家光《いえみつ》の後見人《こうけんにん》としての立場《たちば》があったので、生涯《しょうがい》、隠居《いんきょ》はしないで、伊達藩主《だてはんしゅ》のままだった。

晩年《ばんねん》、ついにかなわなかった「天下人《てんかびと》となる夢《ゆめ》」を思《おも》いつつ、政宗《まさむね》の胸《むね》を去来《きょらい》したのは、みずからがつくった漢詩《かんし》だった。

——馬上《ばじょう》少年《しょうねん》過《す》ぐ
世平《よたい》らかにして白髪《はくはつ》多《おお》し
残躰《ざんく》は天《てん》の赦《ゆる》す所《ところ》
楽《たの》しまずして是《こ》れ如何《いかん》

(馬上《ばじょう》で、少年《しょうねん》のわたしは、戦場《せんじょう》を駆《か》けぬけていた。

しかし、時《とき》は過《す》ぎ、いつのまにか、世《よ》は平和《へいわ》になり、わたしの髪《かみ》はすっかり白《しろ》くなった。

戦国《せんごく》を生《い》きのびてきたこの身《み》を、さて、いかがいたそう。天《てん》のゆるすかぎり、この世《よ》を楽《たの》しまなくてどうするのか。)

寛永《かんえい》十三年《ねん》(一六三六年《ねん》)、五月《がつ》二十四日《か》。独眼竜政宗《どくがんりゅうまさむね》は、江戸《えど》の桜田屋敷《さくらだやしき》で亡《な》くなった。

七十歳《さい》であった。

終《お》わり

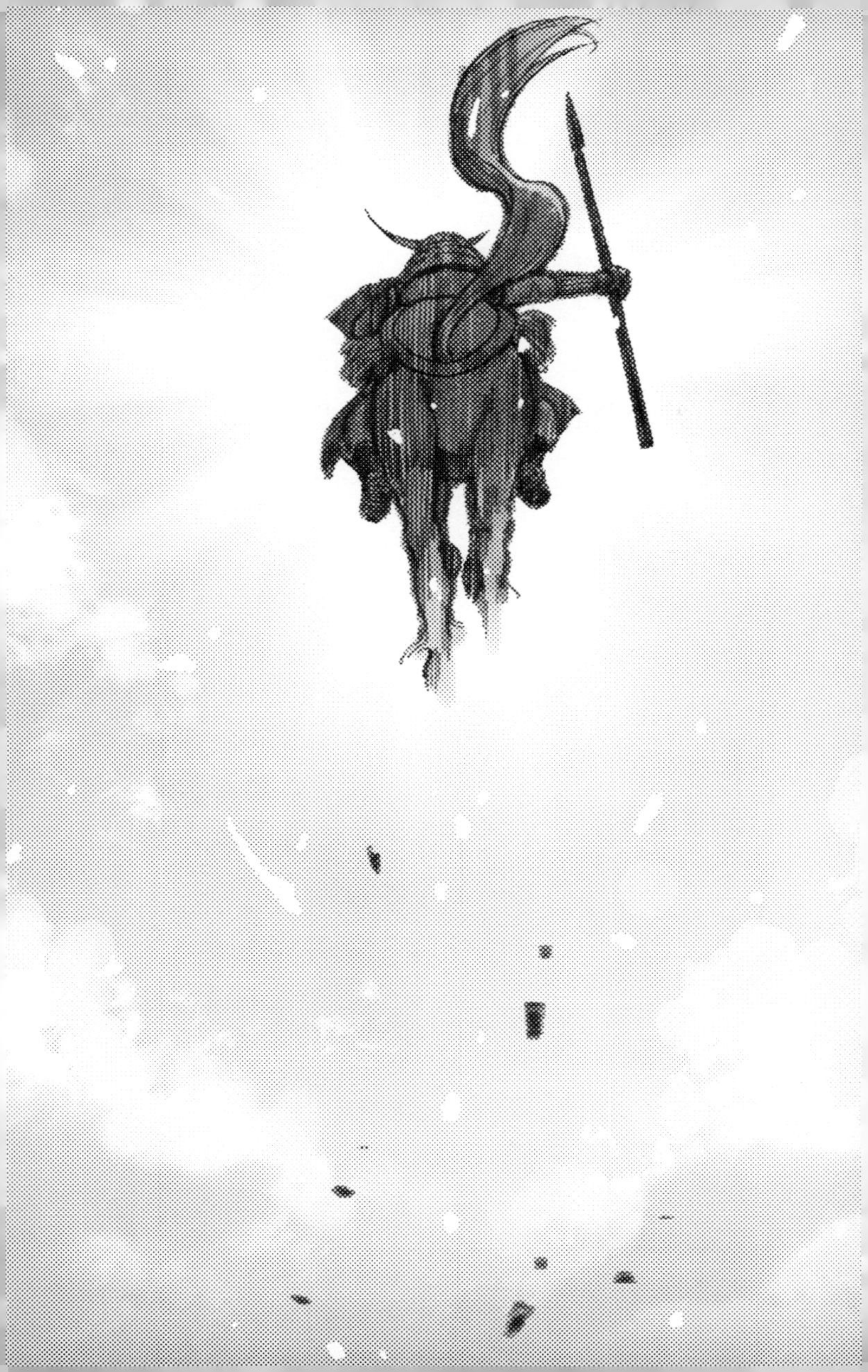

伊達政宗《だてまさむね》の年表《ねんぴょう》

※年齢《ねんれい》は数《かぞ》え年《どし》です。

年代《ねんだい》		伊達政宗《だてまさむね》のできごと	世《よ》の中《なか》のうごき
1567（永禄《えいろく》10）	1歳《さい》	米沢城主《よねざわじょうしゅ》、伊達輝宗《だててるむね》の長男《ちょうなん》として生《う》まれる。幼名《ようめい》は梵天丸《ぼんてんまる》。	
1572（元亀《げんき》3）	6歳《さい》	疱瘡《ほうそう》にかかり生死《せいし》をさまよう。禅僧《ぜんそう》、虎哉宗乙《こさいそういつ》が教育係《きょういくがかり》となる。	
			1573年《ねん》　武田信玄《たけだしんげん》が死《し》ぬ。
1577（天正《てんしょう》5）	11歳《さい》	元服《げんぷく》し、藤次郎政宗《とうじろうまさむね》と名乗《なの》る	
			1578年《ねん》　上杉謙信《うえすぎけんしん》が死《し》ぬ。
1579（天正《てんしょう》7）	13歳《さい》	愛姫《めごひめ》と結婚《けっこん》する。	
1581（天正《てんしょう》9）	15歳《さい》	初陣《ういじん》。相馬義胤《そうまよしたね》と戦《たたか》う。	
			1582年《ねん》　本能寺《ほんのうじ》の変《へん》で織田信長《おだのぶなが》が死《し》ぬ。
1584（天正《てんしょう》12）	18歳《さい》	相馬義胤《そうまよしたね》と和睦《わぼく》。家督《かとく》を相続《そうぞく》する。	
1585（天正《てんしょう》13）	19歳《さい》	大内定綱《おおうちさだつな》と戦《たたか》う。父輝宗《ちちてるむね》が畠山義継《はたけやまよしつぐ》の計略《けいりゃく》にあい死去《しきょ》。佐竹氏《さたけし》、蘆名氏《あしなし》と人取橋《ひととりばし》で激突《げきとつ》する。（人取橋《ひととりばし》の戦《たたか》い）	1585年《ねん》　豊臣秀吉《とよとみひでよし》が関白《かんぱく》となる。
1586（天正《てんしょう》14）	20歳《さい》	畠山義継《はたけやまよしつぐ》の子《こ》、畠山国王丸《はたけやまくにおうまる》のいる二本松城《にほんまつじょう》を攻《せ》め落《お》とす。伊達《だて》家《け》の領地《りょうち》が七十万石《まんごく》を超《こ》える。	

1588（天正《てんしょう》16）	22歳《さい》	窪田《くぼた》の戦《たたか》い。蘆名氏《あしなし》、佐竹氏《さたけし》と戦《たたか》い、和議《わぎ》をむすぶ。	1588年《ねん》 秀吉《ひでよし》の刀狩《かたなが》りがはじまる。
1589（天正《てんしょう》17）	23歳《さい》	蘆名氏《あしなし》と戦《たたか》い、黒川城《くろかわじょう》を攻《せ》め落《お》とす（摺上原《すりあげはら》の戦《たたか》い）。黒川城《くろかわじょう》を本城《ほんじょう》とする。	
1590（天正《てんしょう》18）	24歳《さい》	母《はは》、保春院《ほしゅんいん》に殺《ころ》されそうになり、弟《おとうと》の小次郎《こじろう》を斬《き》る。小田原《おだわら》に行《い》き秀吉《ひでよし》と会《あ》う。黒川城《くろかわじょう》を取《と》り上《あ》げられ、米沢城《よねざわじょう》にもどる。	1590年《ねん》 秀吉《ひでよし》の小田《おだ》原征伐《わらせいばつ》がはじまる。
1591（天正《てんしょう》19）	25歳《さい》	ふたたび、秀吉《ひでよし》に会《あ》いに京都《きょうと》へ行《い》く。大崎《おおさき》・葛西領《かさいりょう》と引《ひ》き換《か》えに、米沢城《よねざわじょう》など伊達家代々《だてけだいだい》の領地《りょうち》を取《と》り上《あ》げられる。	1591年《ねん》 秀吉《ひでよし》が太閤《たいこう》になる。
1592（天正《てんしょう》20／文禄《ぶんろく》1）	26歳《さい》	秀吉《ひでよし》から朝鮮出兵《ちょうせんしゅっぺい》の命令《めいれい》を受《う》け、京都《きょうと》を出発《しゅっぱつ》し肥前名護屋《ひぜんなごや》に向《む》かう。	1592年《ねん》 文禄《ぶんろく》の役《えき》起《お》きる。秀吉《ひでよし》が朝鮮出兵《ちょうせんしゅっぺい》。
1593（文禄《ぶんろく》2）	27歳《さい》	名護屋《なごや》を出発《しゅっぱつ》し、朝鮮《ちょうせん》の釜山《プサン》に上陸《じょうりく》し、戦《たたか》う。のち帰国《きこく》。	
1594（文禄《ぶんろく》3）	28歳《さい》	秀吉《ひでよし》の吉野《よしの》の花見《はなみ》に呼《よ》ばれる。正室《せいしつ》の愛姫《めごひめ》との間《あいだ》に長女五郎八《ちょうじょいろは》姫《ひめ》が生《う》まれる。	
1595（文禄《ぶんろく》4）	29歳《さい》	関白《かんぱく》・秀次《ひでつぐ》が秀吉《ひでよし》に対《たい》するむほんの疑《うたが》いで切腹《せっぷく》させられ、政宗《まさむね》も取《と》り調《しら》べを受《う》ける。徳川家康《とくがわいえやす》のとりなしで疑《うたが》いが晴《は》れる。	
1597（慶長《けいちょう》2）	31歳《さい》	従四位下右近衛権少将《じゅしいげうこのえごんのしょうしょう》に任《にん》じられる。	1597年《ねん》 慶長《けいちょう》の役《えき》。2度目《どめ》の朝鮮出兵《ちょうせんしゅっぺい》。

年《ねん》代《だい》	伊達政宗《だてまさむね》のできごと		世《よ》の中《なか》のうごき
			1598年《ねん》 秀吉《ひでよし》が死《し》ぬ。
1599（慶長《けいちょう》4）	33歳《さい》	長女《ちょうじょ》五郎八姫《いろはひめ》と家康《いえやす》の六男《なん》松平《まつだいら》忠輝《ただてる》との婚約《こんやく》がととのう。	1599年《ねん》 家康《いえやす》、伏見《ふしみ》城《じょう》から大坂城《おおざかじょう》へ移《うつ》る。天下《てんか》の実権《じっけん》をにぎりはじめる。
1600（慶長《けいちょう》5）	34歳《さい》	上杉景勝《うえすぎかげかつ》と戦《たたか》う。居城《きょじょう》を岩出山《いわでやま》から千代《せんだい》に移《うつ》すことを決《き》め、地《ち》名《めい》も「仙台《せんだい》」と改《あらた》める。	1600年《ねん》 関ヶ原《せきがはら》の戦《たたか》い。
1601（慶長《けいちょう》6）	35歳《さい》	仙台城築城《せんだいじょうちくじょう》を開始《かいし》する。	
			1603年《ねん》 家康《いえやす》、征夷《せいい》大将軍《たいしょうぐん》となり江戸《えど》幕府《ばくふ》を開《ひら》く。
1606（慶長《けいちょう》11）	40歳《さい》	長女《ちょうじょ》五郎八姫《いろはひめ》と忠輝《ただてる》の祝言《しゅうげん》が行《おこな》われる。忠輝《ただてる》の付《つ》け家老《がろう》の大久《おおく》保《ぼ》長安《ながやす》と親《した》しくなる。	
1613（慶長《けいちょう》18）	47歳《さい》	伊達藩《だてはん》の使節《しせつ》として、支倉常長《はせくらつねなが》らをヨーロッパに送《おく》る。	
1614（慶長《けいちょう》19）	48歳《さい》	大坂冬《おおざかふゆ》の陣《じん》に出陣《しゅつじん》する。	

1615（慶長《けいちょう》20／元和《げんな》1）	49歳《さい》	大坂夏《おおざかなつ》の陣《じん》に出陣《しゅつじん》する。片倉小十郎景綱《かたくらこじゅうろうかげつな》が死去《しきょ》。	1615年《ねん》 大坂夏《おおざかなつ》の陣《じん》で豊臣秀頼《とよとみひでより》が死《し》に、豊臣《とよとみ》氏《し》が滅亡《めつぼう》する。武家諸法度《ぶけしょはっと》・禁中並公家諸法度《きんちゅうならびにくげしょはっと》が制定《せいてい》される。
1616（元和《げんな》2）	50歳《さい》	家康《いえやす》の見舞《みま》いで駿府《すんぷ》に行《い》く。家康《いえやす》の死後《しご》、二代《だい》将軍《しょうぐん》の秀忠《ひでただ》を盛《も》りたてることを誓《ちか》う。	1616年《ねん》 家康《いえやす》が死《し》ぬ。
1617（元和《げんな》3）	51歳《さい》	嫡男《ちゃくなん》の忠宗《ただむね》と将軍秀忠《しょうぐんひでただ》の養女振姫《ようじょふりひめ》が結婚《けっこん》する。	
1623（元和《げんな》9）	57歳《さい》	母《はは》、保春院《ほしゅんいん》死去《しきょ》。	
1626（寛永《かんえい》3）	60歳《さい》	大御所《おおごしょ》となった秀忠《ひでただ》と、三代《だい》将軍《しょうぐん》家光《いえみつ》が上洛《じょうらく》するさいの先駆《さきが》けをつとめる。	
1636（寛永《かんえい》13）	70歳《さい》	江戸《えど》で死去《しきょ》。	

＊著者紹介

小沢章友《おざわあきとも》

1949年、佐賀県生まれ。早稲田大学政経学部卒業。『遊民爺さん』（小学館文庫）で開高健賞奨励賞受賞。おもな作品に『三国志』（全７巻）、『飛べ！　龍馬』『織田信長－炎の生涯－』『豊臣秀吉－天下の夢－』『徳川家康－天下太平－』『黒田官兵衛－天下一の軍師－』『武田信玄と上杉謙信』『真田幸村－風雲！　真田丸－』『大決戦！　関ヶ原』『徳川四天王』『西郷隆盛』『西遊記』『明智光秀－美しき智将－』『歴史人物ドラマ　渋沢栄一　日本資本主義の父』『北条義時　武士の世を開いた男』（以上、青い鳥文庫）、『三島転生』（ポプラ社）、『龍之介怪奇譚』（双葉社）などがある。

＊画家紹介

山田一喜《やまだひとつき》

漫画家。『海を見にいこう』で第53回手塚賞佳作を受賞。代表作は『G』（全５巻）、『ワルドル』（全３巻）（ともに小学館）。他に作画担当作品で、『週刊少年サンデー創刊物語～夢のはじまり～』『ケイガク～みらいみなと警察学校～』（ともに小学館）がある。

＊編集協力／齋藤昌美《さいとうまさみ》

この作品は書き下ろしです。

講談社　青い鳥文庫

伊達《だて》政宗《まさむね》
——奥羽《おうう》の王《おう》、独眼竜《どくがんりゅう》——　戦国武将物語《せんごくぶしょうものがたり》
小沢《おざわ》章友《あきとも》

2018年10月15日　第1刷発行
2023年2月16日　第3刷発行

（定価はカバーに表示してあります。）

発行者　鈴木章一
発行所　株式会社講談社
東京都文京区音羽2-12-21　郵便番号112-8001
電話　編集（03）5395-3536
販売（03）5395-3625
業務（03）5395-3615

N.D.C.913　222p　18cm

装　丁　久住和代
印　刷　図書印刷株式会社
製　本　図書印刷株式会社
本文データ制作　講談社デジタル製作

KODANSHA

（落丁本・乱丁本は、購入書店名を明記のうえ、小社業務あてにお送りください。送料小社負担にておとりかえします。）

■この本についてのお問い合わせは、青い鳥文庫編集まで、ご連絡ください。

ISBN978-4-06-513303-3

「講談社《こうだんしゃ》 青《あお》い鳥文庫《とりぶんこ》」刊行《かんこう》のことば

太陽《たいよう》と水《みず》と土《つち》のめぐみをうけて、葉《は》をしげらせ、花《はな》をさかせ、実《み》をむすんでいる森《もり》。小鳥《ことり》や、けものや、こん虫《ちゅう》たちが、春《はる》・夏《なつ》・秋《あき》・冬《ふゆ》の生活《せいかつ》のリズムに合《あ》わせてくらしている森《もり》。森《もり》には、かぎりない自然《しぜん》の力《ちから》と、いのちのかがやきがあります。

本《ほん》の世界《せかい》も森《もり》と同《おな》じです。そこには、人間《にんげん》の理想《りそう》や知恵《ちえ》、夢《ゆめ》や楽《たの》しさがいっぱいつまっています。

本《ほん》の森《もり》をおとずれると、チルチルとミチルが「青《あお》い鳥《とり》」を追《お》い求《もと》めた旅《たび》で、さまざまな体験《たいけん》を得《え》たように、みなさんも思《おも》いがけないすばらしい世界《せかい》にめぐりあえて、心《こころ》をゆたかにするにちがいありません。

「講談社《こうだんしゃ》 青《あお》い鳥文庫《とりぶんこ》」は、七十年《ねん》の歴史《れきし》を持《も》つ講談社《こうだんしゃ》が、一人《ひとり》でも多《おお》くの人《ひと》のために、すぐれた作品《さくひん》をよりすぐり、安《やす》い定価《ていか》でおおくりする本《ほん》の森《もり》です。その一さつ一さつが、みなさんにとって、青《あお》い鳥《とり》であることをいのって出版《しゅっぱん》していきます。この森《もり》が美《うつく》しいみどりの葉《は》をしげらせ、あざやかな花《はな》を開《ひら》き、明日《あす》をになうみなさんの心《こころ》のふるさととして、大《おお》きく育《そだ》つよう、応援《おうえん》を願《ねが》っています。

昭和《しょうわ》五十五年《ねん》十一月《がつ》

講　談　社